보건실에는 마녀가 필요해

Hokenshitsu niwa Majo ga Hitsuyô
Copyright @2022 by Hirochika Ishikawa
First published in Japan in 2022 by KAISEI-SHA Publishing Co., Ltd., Tokyo
Korean translation rights arranged with KAISEI-SHA Publishing Co., Ltd.
through Japan Foreign-Rights Centre/Shinwon Agency Co.

이 책의 한국어판 저작권은 신원 에이전시(Shinwon Agency co.)를 통해
KAISEI-SHA Publishing Co., Ltd.,과 독점 계약한 북멘토가 소유합니다.
저작권법에 의하여 한국 내에서 보호를 받는 저작물이므로 무단 전재 및 복제를 금합니다.

보건실에는 마녀가 필요해

이시카와 히로치카 장편 소설 | 송소정 옮김

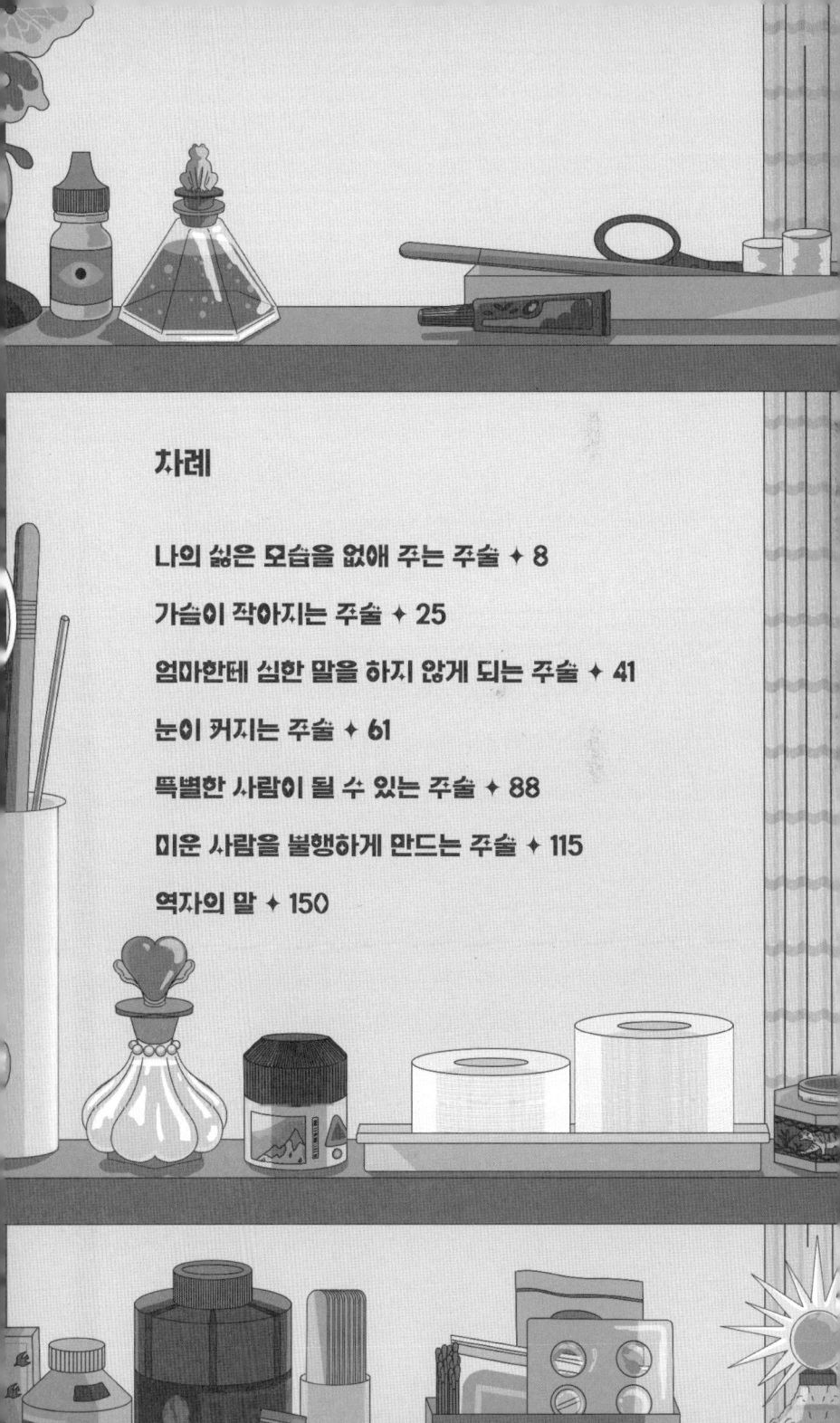

차례

나의 싫은 모습을 없애 주는 주술 ✦ 8

가슴이 작아지는 주술 ✦ 25

엄마한테 심한 말을 하지 않게 되는 주술 ✦ 41

눈이 커지는 주술 ✦ 61

특별한 사람이 될 수 있는 주술 ✦ 88

미운 사람을 불행하게 만드는 주술 ✦ 115

역자의 말 ✦ 150

어떤 이가 이런 말을 남겼다.

"학교에는 주술이 필요해."

그래서 나는 여기에 있다.
창 건너로 교정이 보인다.
복도에서는 학생들의 웃음소리와
떠들썩한 발소리가 들려온다.
이곳은 누구에게나 열려 있다.
방문 이유는 있어도 좋고 없어도 좋다.
나는 늘 이곳에 있다.

보건실에는 마녀가 필요하니까.

나는 마녀다.

보건 교사이기도 하다.

2년 전부터 오바나 시에 있는 유일한 공립 중학교에서 일하고 있다.

내가 근무하고 있는 오바나 제일 중학교에는 1학년생이 41명, 2학년생이 60명, 3학년생이 52명, 총 153명의 학생이 재학 중이다.

'모든 학생이 솔직하고, 예의 바르며, 눈에 넣어도 아프지 않을 정도로 귀엽다.'라고 말할 수 있을 리는 없다.

게다가 보건실에 오가는 아이들은 기본적으로 다루기 힘든 아이가 많다. 비뚤어진 아이거나, 제대로 인사도 하지 못하는 아이거나, 무슨 이유로 보건실에 왔는지조차 알려 주지 않는 아이도 있다. 무턱대고 어리광을 부리는 아이도 적지 않다. 그렇지만 그들은 모두 어딘가 쓸쓸한 얼굴을 하고 있는 것이다.

그런 아이들은 대개 누군가에게 뭔가 말하고 싶어서 보건실에 오는 거라고 굳게 믿으며 나는 끈기 있게 그들의 이야기를 듣는다.

에구치 마리에의 경우는 내게 이런 이야기를 했다.

"밤중에 배가 아파요."

마리에는 대략 그렇게 말했었다.

"배가 아프구나. 매일 밤 그런 거야?"

"네."

"뭔가 짐작 가는 일이 있어?"

"짐작 가는 일요……."

"예를 들면 저녁을 늘 많이 먹는다거나 생선을 먹으면 반드시 아프다거나. 뭐든 좋아. '어쩌면 이게 원인일 수도 있을까?' 하고 생각되는 거 말이야."

마리에는 잠시 생각하고 나서 이렇게 대답했다.

"최근에 먹기 시작한 것이 있어요."

"그게 뭔데?"

"종이요."

"종이? 종이라는 건 공책 만드는 그 종이?"

"네. 주술이 하나 있는데요. 자기 전에 메모지에 나의 싫은 모습을 써서 삼키면 싫은 모습이 사라진다고 해요."

"그걸 매일 밤 하는 거야?"

"네."

그런 행동을 해도 배가 아프지 않을 거라 생각할 수 있다는 사실에 놀라고 만다.

물론 얼굴에는 드러내지 않는다. 보건 교사는 냉정하고 침착해야 한다는 것이 내 신조니까.

"그래서, 네 싫은 모습은 사라졌니?"

"아직요. 시작한 지 아직 1주일 정도라서요."

"계속하다 보면 언젠가 사라질 거라고 생각하는구나?"

"주술이 효과가 있다고 말하는 친구가 있는걸요."

"그 아이는 어떻게 그 주술을 알게 된 거니?"

"책에서 읽었다고 했어요."

"책?"

"네. 최근에 유행하는 주술에 관한 책이 있나 봐요."

거기까지 듣고 즉각 알아차렸다.

그 녀석의 짓이라고.

나는 에구치 마리에에게 다른 주술을 알려 주기로 했다.

내 싫은 모습을 메모지에 써서 (삼키는 것이 아니라) 손바닥에 올려놓을 수 있는 크기의 투명한 병에 넣는다.

싫은 모습이 생각날 때마다 반복한다. 메모가 더 이상 들어가지 않게 되면 아무에게도 보이지 않도록 가능한 한 큰 나무의 뿌리 밑에 병째로 묻는다.

묻은 뒤, 싫은 모습이 없어졌는지 아닌지 여부를 확인해 보고 만약 사라지지 않았으면 그것은 애초에 사라질 필요가 없는 부분이었다는 뜻이다.

그래도 여전히 없애 버리고 싶다면 처음부터 다시 한다.

다만, 다시 할 수 있는 것은 딱 두 번까지다.

내가 알려 준 주술을 해 보겠다고 마리에는 약속했다.

그날 밤.

나는 오랜만에 스파링을 위해 체육관에 들렀다. **그 녀석**을 만나기 전에 결투를 위한 실전 감각을 되찾아 둘 필요가 있다. 최근에는 바빠서 이곳에 얼굴을 내밀지 못하고 있었다.

"이야, 선생님! 오랜만이시네요."

체육관의 트레이너가 싱글벙글하며 다가온다. 이름은 기억나지 않는다. 기억할 필요가 없는 일은 나는 기억하지 않는다.

"여전히 아름다우시네요. 짧은 헤어스타일이 정말로 어울리세요."

"네에……."

"남자 친구는 생기셨어요? 아직 없으세요? 앗, 그러면 저한테도 기회는 아직 있다는 뜻인가요?"

"그건 아닌데요."

"와! 또 차였네요. 그럼 시작할까요."

뭐가 즐거운지 얼굴을 마주할 때마다 똑같은 말을 반복히고 있다. 저 사람 입장에서는 그게 전부 "오랜만이시네요."라는 인사겠지. 최근에는 그렇게 생각하기로 했다.

한 시간 정도 땀을 흘리고 시둘러 집으로 돌아왔다. 즉시 **그 녀석**에게 연락을 한다. 장소는 오바나 타워의 옥상으로 정했다. 그곳이라면 남의 눈에 띄는 일은 없다. 원하는 만큼 서로 싸울 수 있다.

나에게 **그 녀석**은 오랜 세월 동안 라이벌이었다.

사이가 좋은 라이벌들도 있는 모양이지만, 우리들에 한해서 말하자면 서로의 얼굴을 보는 것조차 싫을 정도로 사이가 나쁘다. 일곱 마녀 결정전이 시작되고부터는 더 지독한 견원지간(역주 : 개와 원숭이의 사이처럼 사이가 매우 나쁜 관계)이 되었다.

그 녀석은 나를 **선생**이라고 부르는데 그건 물론 **그 녀석**이 내 제자이기 때문은 아니다. 보건 교사라서 그렇게 부르고 있을 뿐이다.

나도 역시 **그 녀석**을 **선생**이라고 부른다. 작가를 하고 있기 때문이다.

어떤 책을 쓰고 있는지는 몰랐기 때문에 에구치 마리에의 이야기를 듣고서 조사해 보았다. 아동서, 특히 와이에이(역주: Y.A. 영어덜트. 청소년과 젊은이를 위한 소설)라 불리는 장르를 주로 쓰는 것 같다. 그중에는 주술을 다룬 책도 포함되어 있었다.

"어이, 선생!"

내가 아주 싫어하는 **선생**은 먼저 옥상에 와 있었다. 허공에 떠 있는 나를 빙긋 웃으며 올려다보고 있다.

21층짜리 오바나 타워의 옥상은 당연히 관계자 이외에는 출입할 수 없는 구역으로, 엄중한 보안으로 보호되어 있다. 하지만 그런 것은 마녀에게는 아무런 의미가 없다. 우리는 하늘을 날 수 있기 때문에.

눈부신 거리의 빛을 아득히 높은 지상 위에서 바라보면서 나는 천천히 발끝부터 옥상으로 내려섰다.

"각오는 했겠지, 선생?"

그렇게 말을 걸자 내가 아주 싫어하는 **선생**은 완벽한 폼으로 파이팅 포즈를 취했다. 나도 역시 양 주먹을 턱 밑까지 들어 올린다. 가볍게 허리를 낮추어 언제라도 움직일 수 있는 태세를 취했다.

우리는 지금부터 주술의 무효화를 걸고 싸운다.

인간 세상에 유통되고 있는 대부분의 진짜 주술은 우리들 마녀가 만들어 낸 것이다. 어떤 주술을 만들어 낼지는 마녀들 각자에게 달려 있다.

만약 어떤 주술의 완성도가 형편없다고 생각하는 다른 마녀가 있다면 그때는 그 주술의 무효화를 걸고 결투를 신청한다. 이해하기 쉽게 말하자면 서로 치고받고 싸우는 것이다. 주술을 만들어 낸 쪽이 이기면 주술은 효력을 계속 가지게 되고, 이의를 신청한 쪽의 마녀가 이기면 무효화된다.

마녀는 이해하기 어려운 것을 싫어한다.

아득한 옛날에 마녀재판 같은 문제의 본질을 이해하기 어렵게 하는 비열한 방법으로 괴롭힘을 당했던 과거를 가졌기 때문일지도 모른다.

결투는 좋아한다. 누가 뭐래도 이해하기가 쉽기 때문에.

그런데 최근 수년에 걸쳐 펼쳐지고 있는 일곱 마녀 결정전에는 어딘가 이해하기 쉬운 부분이 부족하다. 정해진 기한까지 하나라도 더 많은 주술을 인간 세상에 정착시킨 자가 승자가 된다는 것인데.

주술의 완성도가 좋은지 나쁜지는 묻지 않는다는 점이 아무리 봐도 바람직하지 않다. 그로 인해서 내용이 거칠고 나쁜 주술이 양산되고 마는 것은 아닐지. 예측대로, 전 세계에서 마녀끼리의 결투도 빈발하고 있는 모양이다.

당연하다.

하나라도 더 많은 주술을 정착시키려고 눈앞의 일밖에 생각하지 않는 자는 주술의 내용을 자세히 고민하지 않는다. 그래서 필연적으로 주술을 가장 필요로 하는 십 대 여자아이들이 몸과 마음에 상처를 입힐 만한 내용의 주술도 만들어지고 만다.

그런 사실도 모른 채 여자아이들 사이에서 그 주술이 유행해 버리면, 그 주술은 효력이 생겨 버린다.

"너, 주술에 대한 책을 썼다며?"

전투 태세를 유지한 채 말을 걸었다.

"상당히 좋은 아이디어지? 설마 진짜 마녀가 작가일 거라고는 아무도 생각하지 못할 테니까. 출판사 직원들은 내가 쓴 주술 책이 효과가 좋다는 평가를 받고 있다며 아주 기뻐하고 있어."

"작가로서 주술을 유통하는 것 자체는 나쁘다고 생각하지 않아. 다만, 그것도 내용에 따라 달라지지."

"내가 만든 주술의 내용에 불만이 있는 거야?"

"그래."

"그렇구나, 알았어. 그렇다면 빨리 결판을 내자고."

"응, 그렇게 하자고."

구름 사이에 숨겨져 있던 달이 천천히 얼굴을 비쳤다.

나와, 내가 아주 싫어하는 **선생**을 달빛이 비춘다.

등까지 내려오는 살랑거리는 긴 머리에 테가 없는 작은 안경. **선생**은 변함없이 단아한 용모를 하고 있다. 그럼에도 불구하고 터무니없이 강한 것이다, 이 **선생**은.

서로의 얼굴이 또렷하게 달빛에 떠오른 것을 신호 대신으로 우리들의 결투는 시작되었다.

일곱 마녀의 자리 중 비어 있는 자리는 하나뿐.

선정 방법이 서툰 탓인지 일곱 마녀 지원자가 많은 탓인지 여전히 일곱 마녀의 마지막 빈자리는 채워지지 않고 있다.

"어이, 선생!"

내가 너무나 싫어하는 **선생**이 불쑥 근무하는 중학교에 찾아왔다. 저번 결투가 있던 날에서 1주일 정도 지난 뒤의 일이다.

"겨우 찾았어. 내 책을 표절한 그 책을 만든 사람!"

나는 안대로 가리지 않은 쪽 눈으로 **선생**을 보았다.

그녀는 목에는 깁스를, 한쪽 팔에는 붕대를 감고 있었다. 우리 둘 다 온몸에 만신창이라고 쓴 것 같은 모습이다. 그 정도로 그 결투는 장렬했던 것이었다.

아이들이 수업에 들어간 때를 골라서 찾아온 모양이었

다. 실내에는 나와 **선생** 둘 뿐이다.

"이봐, 마녀 학교 시절 우리들의 뒤를 줄곧 따라다니던 꼬마가 있었잖아? 앞니가 좀 크고 작은 동물 같은 분위기를 가졌던?"

"아아, 그 애 말이군."

"그 녀석이 내 흉내를 내서 작가가 된 것 같아. 제목을 붙이는 것부터 책의 형태도, 문체도 내 책을 그대로 베낀 표절본을 출판한 거야."

"그 표절본 안에 에구치 마리에가 행했던 주술도 실려 있었다……는 소리지?"

"맞아. 괜히 서로 치고받아서 손해만 봤잖아."

내가 착각했다는 사실을 깨달은 것은 한창 결투가 진행 중일 때였다.

"성장기 여자아이한테 종이를 먹게 하다니…… 그런 주술, 나는 절대로 용납할 수 없어!"

혼신을 다해 스트레이트를 날리기 직전, 무의식 중에 내가 그렇게 감정을 폭발시키자마자 **선생**이 허둥대기 시작했다.

"잠깐잠깐, 무슨 이야기야! 난 그런 주술은 유통한 기억이 없다고!"

"이제 와서 시치미를 뗄 생각이야?"

"진짜라…"

…고 말하고 싶었던 것이겠지만, 그 전에 내가 오른쪽으로 날린 스트레이트는 보기 좋게 **선생**의 턱 앞을 치고 나갔다. 성공했다며 눈을 감고 흡족해 있던 그 순간!

"응?" 하고 말았다.

나는 슬로우 모션으로 쓰러져 가는 **선생**을 내려다보며 '잠깐만!' 하고 속으로 외쳤다. 녀석은 분명 오랜 라이벌이고, 나와 사이도 나쁘며, 정말이지 꼴도 보기 싫은 **선생**이다.

하지만 나는 알고 있다. 녀석이 거짓말은 하지 않는다는 사실을 말이다.

자신이 유통한 주술이 아니라고 녀석이 단언한다면 그것은 절대 거짓말일 리가 없다.

그 말인 즉슨…….

"미안해."

책상 끝에 살짝 걸터앉아 저쪽으로 등을 돌리고 있는 **선생**에게 나는 솔직하게 사과했다. 내 착각 때문에 우리가 결투를 하고 말았기 때문이었다.

"뭐, 괜찮아. 덕분에 표절본의 존재도 알게 되었으니까."

"마무리는 잘했어?"

"앞으로 표절본 출판은 절대 하지 않겠다는 이야기를 편집자를 통해 들었어. 그 녀석은 이제 제대로 된 출판사에서는 책을 내지 못할 거야."

"그렇군……."

일곱 마녀 결정전은 마녀의 본질과 같은 것을 그대로 드러내고 만다.

그 마녀가 어떤 주술을 만들어 내는가. 그 마녀가 어떤 주술을 거칠고 나쁘다고 느끼고, 그로 인해 누구에게 결투를 신청하는가.

그런 상황에서 보이는 것들이야말로 일곱 마녀가 되기 위해 필요한 **무언가**일지도 모른다.

이해하기 쉬운 것을 좋아하는 내게는 조금 복잡하고 납득이 가지 않는 선정 방법이었지만, 일곱 미녀 선정 위원회에는 그 나름의 생각이 있는 것일지도 모르겠다고 지금은 느끼고 있다.

"그러는 너는 어때? 보건 교사는 주술을 성작시키는 데 유리한 직업인가?"

"글쎄……. 정착시킨 주술도 몇 개 있기는 한데……."

"하지만 너는 보건 교사를 계속하고 있잖아. 어째서야?"

"뒷일이 마음에 걸리기 때문이야."

"뒷일?"

"주술을 시도해 본 아이가 그 뒤에 어떻게 변화하는가. 보건 교사는 그 변화를 알 수가 있거든."

수업이 끝난 모양이다. 복도가 갑자기 시끄러워졌다.

"선생님!"

출입문이 기세 좋게 열렸다. 뛰어 들어온 것은 에구치 마리에다.

내 옆에 모르는 어른이 있는 것을 알아채자 조금 위축된 모습을 보였지만 바로 꾸뻑하고 머리를 숙였다.

"안녕하세요!"

발랄하게 인사를 한다. 상당히 기운이 넘쳤다.

"그래, 안녕."

겉모습만은 참한 **선생**이 그 캐릭터 설정에 어울리는 목소리로 차분하게 답을 했다.

선생의 정체를 알고 있는 내 입장에선 근질거려 죽겠다. 피차일반일지도 모르겠지만 말이다.

"무슨 일이니? 에구치"

"아, 네. 그게…… 선생님이 알려 주신 주술이 효과가 있어요! 그래서 알려 드려야 할 것 같아서요."

"어머, 그거 잘됐구나!"

"저는 '좋아!'라고 바로 말을 해 버리는 게 진짜 싫어요……. 하지만 별로 어울리고 싶지 않은 애한테 함께하자는 말을 듣거나, 하고 싶지 않은 일을 강요받을 때조차 전 금세 "좋아!"라고 말해 버리곤 했어요. 그런데 아까 처음으로 확실하게 말할 수 있었어요. '미안해, 그날은 일이 있어.'라고요!"

마리에는 정말로 기쁜 듯이 웃고 있었다. 그 아이의 웃는 얼굴을 본 것은 처음인 것 같았다.

"그렇구나……. 그 주술이 효과가 있었구나."

"네! 효과가 좋은 주술을 알려 주셔서 감사해요!"

착실하게 인사를 하고 나서 마리에는 돌아갔다. 다시 내가 몹시도 싫어하는 선생과 둘만 남겨졌다.

"과연……. 네가 보건 교사를 선택한 이유를 알 것 같아."

살랑거리는 긴 머리를 등 뒤로 넘기며 선생은 빙긋 웃었다.

"효율은 그다지 좋지 않아 보이지만, 뭐 힘껏 노력해

봐."

내 오랜 라이벌이자 내가 너무나 싫어하는 **선생**은 그런 말을 남기고 돌아갔다.

복도에서 학생들의 활기찬 소리가 들린다. 그 활기참 속에 끼지 못하는 아이도 분명 있겠지. 자기 책상에 앉은 채 얼굴을 숙이고 수업이 시작되길 이제나저제나 하고 기다리고 있는…….

마음속에서, 나는 가만히 부른다.

이곳으로 오렴.

뭐든 좋으니까 이야기하러 오렴.

"학교에는 주술이 필요해."

윗대의 일곱 마녀 중 어떤 이가 그런 말을 남겼다.

나도 그렇게 생각한다.

그러므로, 보건실에는 마녀가 있어야 하는 것이다.

나는 마녀다.

보건 교사이기도 하다.

그 두 가지가 양립하는 것이 어렵다고 느꼈던 적은 없다. 때론 마녀와 보건 교사는 서로 잘 맞는다고 생각하기까지 한다.

애초에 마녀란 절대적으로 약자의 편이다. 그 시절의 권력자에게 괴롭힘을 당했던 과거를 가졌기 때문에 약자들의 수호자가 되고자 하는 것이 마녀의 본질이라고도 할 수 있다.

내가 근무하는 오바나 제일 중학교에는 교사 및 직원을 제외하면 당연히 중학생뿐이다.

중학생! 이렇게까지 연약한 사람들이 있을까.

어른의 보호를 순수하게 받아들였던 초등학생 시절과 달리 이제는 누군가에게 어리광을 부리지 못한다. 그런데 어른으로 가는 계단을 오르겠다는 각오를 다지기 시작한 고등학생과 같은 당당함은 아직 갖지 못했다.

그래서 그런 것이다.

보건 교사 중에서도 특히 **중학교** 보건 교사와 마녀는 각별히 궁합이 좋은 것이다.

오바나 제일 중학교의 보건실에는 딱히 컨디션이 나쁜 것도 아닌데 찾아오는 아이들이 끊이지 않는다.

똑똑.

오늘도 또 찾아왔다. 마녀의 힘을 필요로 하는 연약한 아이 한 명이…….

열린 문 너머에서 얼굴을 들이민 것은 2학년 3반의 아베 히나코였다.

처음에 히나코는, "왠지 지루해서요."라는 말만 반복했지만 쉬는 시간이 끝나 가자 느닷없이 울기 시작했다.

"교실로 돌아가고 싶지 않아요……. 조금만 더 민 선생님이랑 함께 있으면 안 돼요?"

대부분 학생들은 나를 민 선생님이라고 부른다.

나의 인간 이름인 유미하마 타미오(弓浜 民生)의 민(民)을 한자음으로 읽어 그렇게 부르는 듯하다.

히나코는 얼굴을 가리고 계속 울고 있었다.

"괜찮아, 히나코. 아프면 얼마든지 머물러도 좋아."

보건실에 자주 얼굴을 비치는 학생 중에는 갑자기 울기 시작하거나, 화를 내거나, 아무리 주의를 줘도 계속 떠드는 아이가 적지 않다. 히나코는 어느 쪽인가 하면 순수하게 나와 수다를 즐기러 오는 천진한 타입의 여자아이였다.

보건 교사인 나는 학생이 이렇게 우는 이유를 분명하게 알아야겠기에 등줄기를 곧게 폈다.

물론 히나코가 말을 하기 시작할 때까지는 기다린다. 무리하게 물어보려고 하면 오히려 마음을 닫아 버릴 수도 있었다.

나는 히나코가 앉아 있는 바퀴 달린 회전의자를 쑥 밀어서 창가까지 그녀를 데리고 갔다.

"여기가 통풍이 잘돼서 제일 기분이 좋은 장소야. 바람 좀 쐬어 볼래?"

나는 히나코를 창가에 남겨 두고 책상으로 돌아왔다. 히나코가 훌쩍이며 우는 소리를 들으면서 지금까지 그녀가 보건실에서 내키는 대로 말했던 이야기를 기억 속에서 찾기 시작한다.

집단 괴롭힘? 아니, 그런 건 없었을 것이다. 부모님과의 불화? 들어 본 적이 없다. 동아리 활동 중의 트러블? 미술부는 학년을 불문하고 사이좋기로 유명하다.

"민 선생님."

뜻밖에 가까이에서 들려온 히나코의 목소리에 문득 정신을 차렸다.

어느새 히나코가 회전의자에 앉은 채 내 책상 옆으로 돌아와 있었다.

"죄송해요, 갑자기 울기 시작해서요. 깜짝 놀라게 해 드렸죠?"

"그런 건 신경 쓰지 마. 여기는 그런 장소이니까."

나는 의자의 방향을 바꾸어 히나코를 쪽을 향했다. 가여울 정도로 히나코의 눈이 빨갛다. 상당한 일이 있었던 것일지도 모르겠다며 각오를 한다.

"말할 수 있겠어?"

내가 그렇게 말을 꺼내자 히나코는 작게 끄덕였다. 옮겨 온 회전의자에 고쳐 앉으며 중얼거리듯이 "가슴을 있잖아요."라고 말한다.

"가슴을?"

"쿡쿡 찔렸어요, 빗자루로요."

"누구한테?"

"상급생 남자아이요. 이름은 몰라요."

"그건…… 어떤 상황에서?"

"어제 방과 후에 길을 걷고 있는데 갑자기요. 3학년 교실 앞을 지나는데 청소 중에 복도에서 장난치고 있는 학생들이 몇 명 있었고, 그리고…… 느닷없이……."

좀처럼 생각지도 못했던 이야기였다.

빗자루로 가슴을 찌른다? 그건 도대체…… 그런 짓을 한 남자애들에게는 어떤 의미를 가진 행위였던 것일까.

히나코의 가슴에 눈이 갔다.

흰 교복 셔츠가 둥글게 볼록해져 있다. 크다. 중학교 2학년생 치고 큰 게 아니라, 성인 여성의 표준적인 가슴과 비교해서도 클 정도였다.

예전에는 여학생의 치마를 들추는 행위가 아이들 사이

에서 단순한 **장난**으로 치부되던 시대가 있었다.

지금 이 시대에 가슴이 큰 하급생이 우연히 지나가는데, 때마침 빗자루를 들고 있던 그 남자애들이 단순히 **장난**으로 그런 짓을 했다는 것일까?

'우선 무엇부터 확인할까.' 하고 머리를 빠르게 회전시키고 있던 내게 히나코가 몇 가지 보충 설명을 해 주었다.

"처음이 아니에요. 가끔 있어요, 이런 일요. 지나가던 샐러리맨한테서 느닷없이 '굉장한 가슴이네?'라는 말을 듣기도 한다……거나. 아무 말도 없이 뚫어지게 가슴만 쳐다본다거나. 하지만 학교에서 이런 일은 처음이기 때문에 상당히……."

"충격이었구나?"

"심하게요."라고 히나코가 끄덕인다.

히나코가 내 가슴을 보고 있는 것을 눈치채고서 "좀 작아."라고 했더니, 그 애의 얼굴에 가까스로 엷은 웃음이 떠올랐다.

"부러워요. 그 정도가 좋은걸요."

"나한테는 적당하지만, 아베를 부러워하는 사람이 많을 수도 있어."

"저처럼 되어 보면 알겠죠, 그런 사람은요."

"하아!"라고 가냘픈 한숨을 쉬며 히나코는 창 쪽으로 얼굴을 돌렸다.

"가슴이 작아지는 방법이 있다면 좋겠어요."

가슴이 작은 것이 콤플렉스인 아이가 듣는다면 히나코의 소원에 대해 "그게 무슨 소리야!" 하고 반응할지도 모른다.

나조차도 "그게 무슨 소리야!"에 가까운 생각이 속에서 보글보글 끓어올랐다. 그렇다고는 하지만, 그것은 물론 히나코의 소원을 사치스럽다고 느껴서가 아니라 완전히 다른 의미에서의 "그게 무슨 소리야!"였다.

체육관에는 정기적으로 다니고 있었다.

마녀에게는 당연히 몸에 익혀야 할 것 중 하나가 바로 전투 능력이기 때문이다.

마녀끼리의 분쟁은 기본적으로 결투로 해결한다. 일곱 마녀 결정전이 진행되고 있는 현재, 당연히 세계 여러 곳에서 마녀들의 결투가 일어나고 있을 터였다.

딱 한 자리 비어 있는 일곱 마녀의 자리에는 조금이라도 더 많은 주술을 인간 세계에 유통한 자가 앉게 되어 있다.

주술은 어떤 마녀가 만들든, 어떤 내용으로 만들든 상관없었다.

이런 규칙이 마녀들의 결투가 더 빈번히 발생하는 원인이 되었다.

어떤 마녀가 다른 마녀가 만들어 낸 주술을 결함투성이라고 판단했다고 하자. 그럴 경우, "이 주술은 유통되어서는 안 된다."는 명분을 내걸고 결투를 신청하는 일이 허용된다.

따라서 마녀들은 언제 어떠한 때라도 결투를 신청할 수 있도록, 혹은 신청받은 결투에 응할 수 있도록, 밤낮으로 각자의 주먹을 충분히 단련하고 있다.

"스톱, 스톱!"

친하게 지내고 있는 트레이너가 한창 잘하고 있던 스파링을 강제로 종료시켰다.

그가 가슴에 들고 있던 스파링용 펀칭 글러브에서 하얀 김이 올라오는 듯이 보였는데, 분명 눈의 착각임이 틀림없었다.

"선생님, 너무 심하잖아요. 자, 보세요. 여기 좀."

"자!"라고 말하면서 트레이너가 내민 것은 펀칭 글러브를 장착했던 쪽인 오른손이었다. 새빨개져 있었다.

"잠깐 쉬었다 하시죠…… 가 아니고, 제발 쉬게 해 주세요."

할 수 없이 나는 글러브를 벗었다. 투명한 유리로 둘러싸인 트레이닝 룸을 나와서 휴식용 벤치에 앉았다. 기다렸다는 듯이 잘 아는 얼굴이 옆에 와서 앉았다.

"심기가 편치 않은 것 같군, 선생."

"선생이었군?"

살랑살랑한 긴 머리칼에 테가 없는 가는 안경. 옅은 그레이에 핑크색 포인트가 어우러진 트레이닝 복이 날씬한 몸에 잘 어울렸다.

내가 너무나 싫어하는 **선생**이었다.

선생이라고 해도 학교의 동료 선생은 아니다. 일곱 마녀 결정전에 함께 참가하고 있는 동료 마녀 중 한 명이다. 나와는 견원지간이기도 하다.

"어째서 여기 있는 거야. 이곳 회원이 아닐 텐데?"

"체험 수업을 신청했지. 가끔은 다른 체육관에서 땀을 흘리는 것도 좋아. 기분 전환이 되거든."

인간 세계에서는 작가를 직업으로 하고 있다. 그래서 작가 **선생**이다.

이름을 부를 정도로 친한 관계는 아니다. 그녀도 마찬가지 생각을 하고 있을 것이다. 저쪽도 나를 **선생**이라고 부른다.

인간 이름은 필명과 같은 이와키 아코. 참으로 위압감을 주는 이름을 골랐다. 마녀 이름은 **시라세즈노 스나**. 서로 사람인 척할 때는 마녀 이름으로 부르지는 않는다.

"이제 뭐 할 거야?"

긴 머리를 휙 올리며 **선생**이 내 얼굴을 들여다본다.

"집으로 돌아가려고 했는데."

"그럼, 잠깐 시간 좀 내."

그녀에게 이끌려 간 곳은 역 앞 뒷골목에 있는 오뎅 포장마차였다.

"하여간 화가 치밀었었다고!"

계속해서 말이 이어지고 있다. 요약하자면 이렇다.

어느 출판사에 작가인 이와키 아코를 담당하는 여성 편집자가 있었는데, 선배 남성 편집지의 일방석인 구애 때문에 곤란해했다고 한다. 그래서 아코는 그 남성 편집자와 마주쳤을 때 말했다고 한다. "성희롱은 그만두는 것이 좋아요."라고.

그런데 그 일로 아코의 담당 편집자가 거꾸로 다른 남성 편집자에게 비난받게 된 것이다. 그것은 성희롱 같은 것이 아니라 동료 간의 고도한 커뮤니케이션의 일종이니까 트집을 잡는 쪽이 이상하다면서.

"그치? 뭔가 이상하지?"

"이상하군."

그렇게 대답하면서 나는 아베 히나코가 받았던 굴욕에 대해 생각했다.

그 일 역시 뭔가 이상했다.

행동을 했던 입장에서는 그저 장난일 뿐일지도 모른다. 그래서 아무렇지 않게 해 버린다. 당하는 쪽에게 여성으로서의 존엄을 짓밟히는 경험이 될 가능성이 있다는 것은 생각지도 않을 것이기 때문이다.

"그래서? 그 뒤에는? 네가 조용히 물러섰을 리는 없잖아?"

"물론 편집장과 그 상사한테 엄청 쏟아부었어. 개선하지 않으면 두 번 다시 그쪽 출판사에서 책을 내지 않겠다고 으름장을 놓았지. 이래 보여도 이와키 아코는 꽤 잘나가거든."

문제의 성희롱 편집자는 다른 부서로 인사 이동했고, 또 다른 남성 편집자는 엄중한 주의를 받았다고 한다.

"싫은 방법이긴 하지만, 이상한 사고방식을 가진 인간들한테는 이렇게 하는 게 가장 효과가 있거든."

분명 싫은 방법이다.

동시에, 빠르고 이해하기 쉽게 제재하는 방법이기도 하다. 다만 히나코의 가슴을 빗자루로 찌른 아이들에게는 사용할 수 없는 방법이다. 그도 그럴 것이 "보호자에게 사실을 알린 후에 집에서 쫓아내도록 권한다." 같은 것은 할 수 없기 때문이다. 기껏해야 엄하게 야단치도록 당부하는 정도밖에는 할 수가 없다.

게다가 만약 엄하게 야단을 치는 역할이 모 출판사의 남성 편집자들처럼 회사에서 자각 없이 성희롱을 마구 해 대는 아버지라면? 과연 아들의 마음에 전해질 말로 제대로 야단을 칠 수 있을까?

"결심했어."

씹기 시작한 무를 입속으로 밀어 넣고 나는 자리에서 일어났다. "뭐를?"이라며 **선생**이 올려다봤다.

"이번엔 주술을 알려 주지 않을 거야."

"뭐?"

그렇게 정하고 나자 할 일은 한 가지밖에 없었다.

"그럼 또 보자."

나는 카운터 위에 내가 먹은 오뎅값을 올려 두고 빠른 걸음으로 집으로 향했다.

준비에 2주 가까이 걸리고 말았지만, 무사히 오바나 제일 중학교의 남학생 전체를 체육관에 모아 임시 강연회를 개최하게 되었다.

강연회의 타이틀은 '네가 이런 일을 당했다고 생각해 볼래?'였다.

준비한 동영상은 해외의 영상 크리에이터가 만든 것이었다. 전 세계 여성들이 실제로 당했던 성범죄를 출연자 남성들이 비슷하게 체험해 보는 내용이었다. 드라마 형식의 세미 다큐멘터리로, 최근 SNS상에서 상당히 화제가 되었던 동영상이었다. 심각한 장면 앞에는 경고 문구가 들어가 있었으며, 부분적으로 애니메이션을 사용하는 등 피해자들을 충분하게 배려하고 있었다.

물론, 남학생이라서 피해당하지 않는다는 것도 아니었다. 누구라도 가해자 측이나, 피해자 측 어느 쪽의 당사자가 될 수 있다는 사실을 알리는 데 효과적인 동영상이라고 판단했다. 사전에 나누어 준 프린트에는 "이 동영상을 보고 누군가와 이야기하고 싶다면 언제라도 보건실로 찾아와요!"라는 문구의 말풍선을 토끼 인형 일러스트 옆에 넣었다. 그리고 발표 당일에는 거기에 더해서 말했다. 고통스러워진다면 각자의 판단으로 자리를 떠도 괜찮다고.

그때까지는 평소와 다른 뭔가를 한다는 사실에 대부분 학생이 남몰래 두근두근했을 것이다. 동영상이 시작한 후에도 한동안은 웃음소리가 일었지만, 범죄의 내용이 심각해짐에 따라 헛기침 소리 하나 들려오지 않았다.

내 손에는 지금 임시 강연회 후에 그들이 작성한 앙케이트 다발이 있다.

"쇼크를 받았다."

"나한테 이런 일이 일어났다면 하고 상상해 봤더니 오싹해졌다."

"마지막 내용은 괴로워서 보고 있을 수 없었다."

나는 이번에 가슴이 작아지고 싶다고 바라는 히나코에게 **가슴이 작아지는 주술**을 알려 주지 않았다.

히나코의 몸에 그 같은 주술을 걸 필요 따위는 전혀 없으며, 마녀가 아니라 보건 교사로서의 내가 할 수 있는 일이 있다고 생각했기 때문이다.

보건실의 마녀에게는 일곱 마녀 결정전의 승자가 되는 것보다도 소중한 것이 있다.

중요한 것은 그것이다.

나는 마녀다.

보건 교사이기도 하다.

실은 취직할 때 끝까지 선택을 고민했던 직업이 있었다.

바로 그것은 학교 도서관에 근무하는 사서다. 그 직업도 근무지는 물론 학교다.

솔직히 어느 쪽을 택했더라도 상관없었을 것이었다. 보건 교사 쪽으로 마음이 기울었던 것은 책 읽기를 싫어하거나, 책에 흥미가 없는 아이와의 접촉을 더 많이 원했던 결과다.

이유는 단순 명쾌하다.

책 읽기를 좋아하는 아이는 스스로 주술을 만들어 낼 능력을 가지고 있을 확률이 높았다.

　자기도 알아채지 못하는 사이에 독창적인 주술을 만들어 내어(결코 불가능한 일이 아니다), 쏟아져 내리는 불똥을 아주 자연스럽게 털어 버리거나, '이것만은 반드시!'라고 생각하는 것을 손에 넣기도 하는 것이다.

　문제는 책을 읽는 것을 좋아하지 않는 아이다.

　마녀가 아닌 자가 스스로 주술을 만들어 내는 데 필요한 것. 그것은 뭐니 뭐니 해도 지식이다. 다음이 상상력이고.

　그 두 가지를 한 번에 얻을 수 있는 것이 독서이기 때문에 책을 읽는 것을 좋아하는 아이는 압도적으로 유리해진다.

　그런 이유로, 나는 인간 세계에서의 직업으로 보건 교사를 선택했다.

　보건 교사는…… 좋았다. 주술을 필요로 하는 학생들을 얼마든지 만날 수 있었다. 학생 본인이 필요하다고 자각을 하고 있어도, 자각하고 있지 않아도 말이다.

　오늘도 역시 우리 오바나 제일 중학교 보건실에 노크 소리가 울린다.

　살짝 열린 문 너머에서 자은 얼굴을 불쑥 늘이민 것은…….

"선생님! 머리가 또 아파요!"

최근 며칠, 아주 단골처럼 보건실을 드나들었던 미즈노 마코였다.

마코는 진통제를 먹고 싶어하지 않았다. 이유는 뻔했다. 실은 머리가 아파서 보건실에 오는 것이 아니기 때문이었다.

"미안해, 낫 짱. 같이 오자고 해서."

"마음에 두지 않아도 된다니까."

마코는 친구인 낫 짱을 늘 옆에 달고 찾아온다. 낫 짱과 하는 대화로 추측해 볼 때 학급에서 지내기 어려운 일은 없는 듯하다.

"그럼 저는 돌아갈게요. 민 선생님, 마코 좀 잘 돌봐 주세요."

"그래, 수고했어."

친구가 돌아가고 마코는 나와 둘만 남았다. 그러나 보건실에 찾아온 두통 이외의 다른 이유를 서둘러 말하려 하지는 않았다.

내가 아는 한 마코는 정말로 표준적인 여자아이로 좋은 의미로도 나쁜 의미로도 **색깔**이 없는 학생 중 한 명이다. 그런 마코가 무엇을 괴로워하고 있는지는 예상하기 어렵다.

마코는 내 책상 옆에 놓인 회전의자에 앉아 무난한 이야기를 계속하고 있었다.

창에서 바람이 불어왔다. 커튼 자락이 크게 부풀어 오른다.

교정에서는 체육 수업으로 미니 축구 게임을 하는 것 같았다. 때때로 환성이 들린다.

"저, 선생님…… 상담해도 괜찮아요?"

'앗, 드디어!'라고 속으로 생각하면서도 얼굴에는 드러내지 않고 선뜻 대답했다.

"물론이지."

"저를 이상한 애라고 생각하지 않으실 거죠?"

"이상한 아이가 아니잖아, 미즈노. 걱정하지 말고 우선은 말을 해 봐."

"음……."

마코는 조금 망설이는 듯한 표정을 지어 보이고 나서 천천히 이야기하기 시작했다.

"엄마한테요, 짜증을 내 버려요."

"어떨 때에?"

"일정하지는 않아요. 스스로도 어째서 이렇게 엄마한테만 짜증을 내고 심한 말을 해 버리는지 모르겠어요……. 하지만 정신 차리고 보면 심한 말을 하고 있는 거예요."

마코는 회전의자를 오른쪽으로 왼쪽으로 왔다 갔다 하며 계속 움직이고 있었다. '이런 일을 고백해 버려서 괜찮은 것일까?' 하는 망설임과 불안을 알아챌 수 있었다.

나는 우선 보건 교사로서 확인해 두고 싶은 것을 마코에게 물었다.

"어머니하고는 사이가 좋아?"

"그렇다고 생각해요. 제가 짜증을 내지 않을 때는요."

"미즈노가 짜증을 내고 일방적으로 어머니한테 심한 말을 해 버리는 식이구나."

"일방적……일까요? 분명 그렇다고 생각해요. 하지만……."

"하지만?"

"엄마도 좀 집요한 부분이 있어서요."

"예를 들면?"

"낫 짱 어머니의 험담을 해요."

"낫 짱? 미야타 말이니?"

"네. 가족끼리 사이가 좋아서 주말에 바비큐 파티를 하기도 하거든요. 함께 있을 때는 사이좋게 지내는데, 월요일 아침이 되면 '낫 짱 엄마 말이야, 또 배려심 없는 말을 했지 뭐니.'라거나, '남편이 대기업에서 근무하고 있는 것이 진짜 자랑거리인가 봐.'라며 까칠하고 심술 궂은 말을 해요. 그게 너무 싫어요."

"그만하시라고 말해 봤어?"

"딱 두 번요. 사이좋게 지내면서 왜 험담을 하냐고 했어요. 하지만 험담이 아니래요. '그냥 화제로 나왔을 뿐이야.'라며 이해가 잘 안 되는 이상한 핑계만 대요. 그래서 그 이후에는 제가 태도로 표현을 해요. 험담을 꺼내기 시작하면 일부러 기분이 나쁜 티를 낸다거나."

왠지 모르게 마코의 심경을 상상할 수 있었다.

마코는 아마도 어머니를 아주 좋아하기 때문에 싫어하고 싶지 않은 것이다. 동시에 자신이 되고 싶은 어른의 모습이 조금씩 바뀌기 시작하는 시기이기도 해서, 친구 어머니의 험담을 하는 어머니는 정반대의 어른으로 느껴지고 마는 것이다.

'가엾게도…….'라고 나는 생각했다.

아이들은 대개 부모와의 관계 때문에 고민을 한다. 친구들이나 좋아하는 사람과의 관계로도 고민을 하지만, 그 밑바탕에는 부모와의 관계가 영향을 미치고 있는 경우가 적지 않다.

그 사실을 알기 때문에 부모와의 관계로 고민을 하는 아이들을 마주 대하면 맨 먼저 이런 생각이 든다. '가엾게도……'라는 생각이.

마녀에게 부모는 없다.

예전에는 있었을지도 모르겠지만 마녀가 된 그 순간부터 없어진다. 마녀는 그 같은 생명체다.

태어났을 때부터 혼자. 떠날 때도 혼자.

그렇기에 오히려 강력한 힘을 가질 수도 있고, 힘을 불공평하게 사용하지도 않는다. 자연과 우주가 특정의 누군가를 위해 존재하고 있지 않은 것과 마찬가지로, 주술 또한 특정의 누군가를 위해서는 존재하지 않는다.

마녀는 다만, 올바르게 힘을 사용하는 일에만 고심한다. 그렇게 할 수 있는 것은 **특별한 누군가**를 갖기를 선택하지 않고 천애고독(역주 : 의지할 곳이 없음을 이르는 말)한 신세가 되는 것을 두려워하지 않았던 자뿐이다.

일단, 마코의 가정에서 학대 같은 것은 존재하지 않는다는 사실을 확인할 수 있었다. 보건 교사로서의 내가 움직일 필요는 없다는 뜻이다.

그렇다면…….

"저기, 미즈노."

"네."

"이런 주술, 알고 있니?"

귀가해서 우선 맨 처음 내가 하는 일은 시원한 물 한 컵을 마시는 것이다.

"후우."

식탁 위에 컵을 내려놓은 순간 전화가 울리기 시작한다.

휴대 전화가 아니라 집 전화다. 이 전화는 마녀끼리의 연락용으로, 학교 관계자나 택배 기사, 판매원 등에게서 걸려 오는 일은 결코 없다.

"여보세요?"

"저기, 나야."

"나야."라며 자신이 누구인지 알 것이라고 믿어 의심치 않는 이 뻔뻔함.

나는 깊이 한숨을 쉬고 나서 "와스레나노 키시베지?"라고 되물었다.

"앗, 본명으로 부르면 안 되잖아? 지금은 서로가 인간으로 생활하고 있으니까 말이야. 인간 이름으로 제대로 불러 줄래?"

'거, 성가시네…….' 하고 생각하면서도 나는 의리 있게 인간 이름으로 불러 주었다.

"우라베 카스미. 이제 됐어?"

"안 됐어! '카스미 쨩'이라고 부르기로 약속했잖아. 좋아, 불러 봐. 카, 스, 미, 쨩."

나는 그 말에는 동조하지 않은 채, "그래서?"라고 재빨리 용건을 말하길 재촉했다.

"지금부터 저녁 먹을 거야. 간단히 좀 해 줄래?"

"엇, 벌써 10시에 가까운데?"

"오늘은 일이 많았어. 문제가 있는 학급의 담임 선생님이 상담하러 왔었거든."

"오호, 보건 교사 일을 제대로 하고 있구나, 민 쨩."

재촉을 했는데도 불구하고, 좀처럼 용건을 밝히려 하지 않는다. 이 녀석은 늘 이렇다. 남의 말을 듣지 않는다.

게다가 아무리 그만하라고 부탁해도 태연하게 민 짱이라고 부른다. 학교에서 민 선생님이라고 불리고 있다는 사실을 무심코 말하는 게 아니었다. 진심으로 후회하고 있다.

마녀 이름, **와스레나노 키시베**.

인간 이름, 우라베 카스미.

함께 일곱 마녀의 자리를 노리고 있는 라이벌 중 한 명이다.

현재의 직업은 여배우. 직업을 아홉 번이나 바꾸어 겨우 자리를 잡은 것 같다. 최근에는 주연을 맡은 영화와 드라마 촬영이 계속 이어지고 있어 바쁘게 지내고 있을 터였다.

"있잖아, 민 짱."

가까스로 본론으로 들어갈 생각인 모양이다.

"부모와의 관계로 고민한다는 것은 어떤 느낌일까?"

'아이쿠, 아주 시의적절한 화제구나!' 하고 생각하면서 "글쎄다."라고 대답한다.

"마녀는 도저히 이해하기 어려운 감정이지."

"하지만 이해를 못하면 연기를 할 수 없어."

"다음 역할이 부모와의 관계로 고민하는 역할인가?"

"그래 맞아. 연애나 우정 같은 것은 어떻게든 하겠는데.

마녀라고 해도 좋은 남자나 좋은 여자를 만나면 '앗, 좋은 남자다!' '어머, 괜찮은 여자야' 하는 생각을 하잖아. 또 그 상대와 트러블투성이였던 날 밤에는 '아, 짜증 난다. 민 짱 목소리가 듣고 싶어.'라고 생각하기도 하고 말이지."

'그럴 때마다 내 목소리를 듣고 싶다는 생각을 한다고?' 라며 몰래 진절머리를 치면서도, 카스미가 연기하는 그 역할에 대해 자세히 물어보았다.

어릴 적부터 어머니의 취향대로 **여자아이다운 옷**을 입고, 기르고 싶지도 않은 머리를 기르며, 흥미가 있는 전공도 없고 그저 유명할 따름인 여자 대학에 진학한 딸이 있었다. 딸은 취직할 곳은 스스로 정하고 싶어 한다.

딸의 오랜 꿈은 여행 작가였다. 작아도 괜찮으니까 여행에 관한 책을 내는 출판사에 취직하고 싶다. 쭈뼛거리며 어머니한테 그렇게 알린다.

어머니는 꿈도 중요하지만 더 중요한 것이 있다고 말한다.

더 중요한 것이란 누구라도 부럽다고 생각하는 취직을 하는 것과 누구라도 부럽다고 생각하는 결혼을 할 수 있는 사람과의 만남이라고 한다.

그 두 가지를 이룰 수 있는 것은 대기업밖에 없다. 어머니는 딸에게 면접을 보게 할 회사의 리스트를 작성했다.

과연 딸은 어머니가 말하는 대로 될 것인가, 아니면…….

"아니면은 또 뭐야. 결말은?"

"정해지지 않았어."

"뭐?"

"연속 드라마인걸. 원작이 없는 오리지널 각본이기도 하고. 뭐랄까, 메인 줄거리는 엄마와 딸의 이야기가 아니야. 연애물이거든. 좋은 집안의 딸이 서로 알고 지내는 명문가 자제와 얽혔다가, 가출해서 거리를 떠돌았을 때 만난 수수께끼 많은 남자 때문에 마음이 흔들린다는 옛날 스타일의 러브 스토리."

카스미가 말하길 정반대인 두 남자 모두에게 끌리고 마는 심정을 표현하려면 어머니와의 관계로 고민하는 딸의 마음을 제대로 이해해 두는 것은 반드시 필요한 일이라는 것이다.

"연기라는 건 그런 거니까."

제법 여배우 같은 말을 하고 있지만, 그 정체는 그저 마녀이다.

문득, 긱정되었다.

"너, 본업을 소홀히 하는 것은 아니지?"

하나라도 더 많은 주술을 인간 세계에 유통한 자가 한 자리만 남은 일곱 마녀의 자리에 들어갈 수 있다. 일곱 마녀 결정전에 참가하는 방법은 단지 그것뿐이다.

내가 보건 교사를 하고 있는 것도, 카스미가 여배우를 하고 있는 것도, 하나라도 더 많은 주술을 유통하기 위해서다.

카스미는 콧방귀를 뀌었다. "누구한테 하는 말이야?"라고 하듯이.

"여배우 우라베 카스미의 각종 SNS 팔로워 수를 모르시나. 젊은 여배우 중에 톱3에 들어가거든?"

"그게 뭐?"

"요새는 이런 거에 빠져 있어요 같은 말을 하면서 미용과 관련된 주술을 잠깐 업로드 하는 것만으로도 흉내를 내는 애들이 몇만 명이나 있다는 말이야."

"정말이야······?"

"정말인데?"

그런 건 망치 하나를 무기로 싸우고 있는 곳에 화염 방사기를 메고 참전하는 것과 다름없지 않은가?

"그거, 너무 치사한 짓 아니야?"

"그렇게 생각한다면 민 짱도 연예계에 들어오면 되잖아?"

"적합한 게 있고 부적합한 것이라는 게 있어."

카스미는 깔깔거리며 웃었다. "아마도 그렇겠지……."라고 말끝을 올리며 말했다.

"하지만 있잖아."

"뭐야."

"어쩐지 정착이 되지 않는 거야."

"정착되지 않는다고?"

"응, 실제로 날 따라 해 본 아이는 많지만 바로 '효과 없었어.'라거나 '의미가 있을까, 이런 거?'라는 댓글이 달려. SNS를 통해서 전파하면 '트러스트 미(trust me)'라는 부분이 어쩐지 부족해지는 것 같아."

직역을 하자면, "나를 믿어."

이 **트러스트 미**라는 것은 마녀끼리만 아는 은어 같은 것이다. 믿는 힘을 중요하게 여기기 때문에 그 힘을 노래 가사의 일부처럼 **트러스트 미**라고 부르고 있다.

주술을 통해 소원을 들어주는 데에 절대적으로 필요한 것. 그것이 믿는 힘, **트러스트 미**이다.

물론 주술의 정밀도도 중요하지만, 사용하는 쪽에게 **트러스트 미**가 충분하지 않으면 이루어질 소원도 이루어지지 않는다. 주술이란 그러한 것이다.

"그래서 있잖아, 그다지 효율은 좋지 않아. 민 짱은 발사하는 총알은 적은 데 비해 정착율은 좋잖아."

거기서부터는 쭉 일과 관련된 카스미의 푸념을 듣는 처지가 되었고, 전화를 겨우 끊을 수 있었을 때에는 날짜가 바뀌어 있었다.

깊은 한숨을 쉬면서 소파에 깊숙이 앉았다.

"어머니와의 관계로 고민하는 딸……이라는 말이지……."

미즈노 마코의 얼굴이 천천히 머릿속에 떠오른다.

과연 괴로워할 필요가 있는 것일까. 엄마한테 심한 말 좀 해 버렸다고 해서 고민할 일은 아니지 않을까. 그때는 화가 나서 어쩔 수 없었기 때문에 그랬을 테니까.

카스미가 연기하는 딸 역시 어머니가 어떤 희망 사항을 요구했다고 해도 그런 건 내가 원하는 장래가 아니라고 뿌리치기만 하면 될 일 아닌가. 그래서 어머니가 실망을 한들, 그것은 어머니 자신의 문제이지 딸이 껴안아야 할 문제는 아니다.

무엇이 그렇게 마코와 드라마 속의 딸을 괴롭히는 것인지 나는 뭔가 딱 와닿지 않는다.

어머니가 없는 마녀.

어머니가 있는 딸들.

그사이에 가로 놓인 강은, 몹시 넓고, 깊고, 건너기 어려운 것일지도 모른다.

오랜만에 마코가 보건실로 찾아왔다.

"민 선생님, 그 주술요. 그다지 효과가 없는 것 같아요."

"……응?"

"시도해 보았는데, 오늘 아침에도 엄마한테 심한 말을 해 버렸어요."

어머니에게 심한 말을 하게 될 것 같다면 이 주술을 마음속으로 외쳐 본다. 안다칸다, 폰놈, 판담, 소카, 라다, 움, 아딤, 카담, 솟도.

주술을 외쳐 봐도 참을 수 없을 때는 말하고 싶은 것을 말해도 좋다.

다만, 일주일에 한 번만 허용된다.

만약 한 번 이상 심한 말을 해 버리면, 이 주술은 더 이상 효력이 없어진다. 매우 강력한 주술이므로 정말로 중요할 때 쓰지 못하게 되면 곤란할 것이다.

주술의 효력을 잃지 않도록 신경 써서 사용할 것.

이것이 마코에게 알려 준 주술이다.

마코는 일주일 사이에 세 번이나 어머니에게 심한 말을 해 버린 모양이다. 도저히 참지 못하는 일이 있었다고 한다.

"낫 짱의 험담까지 한걸요."

"어떤 험담?"이라고 묻지는 않았다. 마코가 말할 생각이 없어 보였기 때문이다.

마코의 내면에서 주술을 믿는 마음보다도 어머니를 미워하는 마음이 이기고만 이상, 아무리 강력한 주술을 알려 준들 마코의 바람이 이루어질 수는 없다.

"어떻게 된 일일까." 하며 내가 골똘히 생각하고 있었더니 "저, 선생님." 하고 부르며 마코가 내 얼굴을 들여다보았다.

"또 들어주실 수 있어요? 엄마 이야기요."

"어? 아, 그래. 물론이지."

"선생님께 엄마 이야기를 하고 나서부터는요. 그저 심한 말을 하는 것이 아니라 '엄마의 이런 점이 싫어.'라고 확실하게 말할 수 있게 된 것 같아요."

"그러니?"

"전에는 '엄마가 말하는 목소리가 뭔가 짜증 나!' 같은 느낌이 들어 버렸지만, 오늘 아침은 '낫 짱은 내 친구니까 그런 이야기를 들으면 기분 나빠요.'라고 제 기분을 자세하게 말할 수 있었어요."

"그건…… 기분이 좋았겠구나."

"굉장히요! 엄마도 있잖아요, '그렇구나, 낫 짱은 마코의 친구지.'라고 말했어요."

결국, **엄마한테 심한 말을 하지 않게 되는 주술**은 불발로 끝난 것 같다. 그 대신 **보건 교사로서의 내가** 마코에게는 효과가 있었던 모양이다.

이야기를 들어주는 사람이 있다는 것. 단지 그것만으로 마코에게는 뛰어난 주술과 같은 효과가 있었다는 말이다.

주술 하나를 못 쓰게 되고 말았지만 앞으로의 과제를 발견했다.

어머니와의 관계로 고민하는 딸의 마음이란 도대체 어떤 것일까.

카스미가 보다 정확하게 배역을 연기하기 위해 필요로 하는 것과 마찬가지로 나도 역시 이해를 해 두어야만 할 것 같다. 비록 마녀인 지금의 내게는 필요가 없는 것이라고 하더라도.

나는 건널 것이다.

아무리 넓고 깊은 건너기 어려운 강이라도. 그 주술을 필요로 하는 자가 있는 한은.

나는 마녀다.

보건 교사이기도 하다.

오바나 제일 중학교는, 적당히 도시적이면서도 자연의 혜택을 딱 좋을 정도로 받고 있는 오바나 시에 옛날부터 있었던 공립 중학교이다.

학교 건물은 완만한 언덕 위에 서 있었고, 옥상에서 푸르른 시내를 한눈에 내려다볼 수 있었다.

내가 있는 보건실은 학교 앞뜰 쪽으로 바라본 건물의 1층에 있었고, 베란다 출입에 사용하는 큰 유리문이 있어 건물 바깥에서도 바로 들어올 수 있었다.

앞뜰 쪽에서 들어오는 것은 체육 수업 중에 상처를 입거나 컨디션이 나빠진 학생들이 대부분이었다. 보통은 복도 쪽 문으로 들어온다. 그쪽 문으로 들어오는 학생은 어쩐지 수업을 듣고 싶지 않다거나 왠지 누군가와 이야기를 하고 싶다거나 그냥 특별한 것을 하고 싶어 하는 아이가 많다.

마녀로서의 나는 복도 쪽 문으로 들어오는 아이에게 더 도움이 되는 경우가 압도적으로 많다.

오늘도 역시 문이 열린다.

열린 문 너머에서 얼굴을 비춘 것은 2학년 3반의 시무라 미카였다.

"민 선생님, 도와주세요. 또 염증이 생겼어요."

들어오자마자 미카는 그렇게 말하며 내게 매달린다.

학생들의 대부분은 나를 '민 선생님'이라고 부른다. 내 인간 이름인 유미하마 타미오의 '민(民)'을 한자음으로 읽어서 그렇게 부르는 듯하다.

"쌍거풀 액, 아직도 사용하고 있었던 거야?"

나는 미카를 책상 옆의 회전의자에 앉히고 그 얼굴을 들여다본다.

"그만둘 수는 없어요. 이제 와서."

미카는 새빨갛게 부은 눈꺼풀을 반만 뜨고서 나를 올려다보고 있었다.

"단 일주일이라도 좋으니까 쌍꺼풀 액은 바르지 말라고 말했잖니."

"일주일은 절대, 절대, 무리예요! 오로지 주말뿐이에요! 원래의 얼굴로 지낼 수 있는 거는요."

원래의 얼굴.

미카는 쌍꺼풀 액으로 쌍꺼풀을 만들지 않았을 때의 자기 얼굴을 그렇게 말한다.

"좋겠어요, 민 선생님은 또렷한 쌍꺼풀이라서요. 그래서 맨 얼굴로 계시는 거죠? 있을 수 없는 일이에요. 마스카라도 하지 않고 그렇게 또렷하다니요."

분명 내 눈엔 쌍꺼풀이 있다. 학생들로부터는 "민 선생님의 인상은 장난 아니다."라는 말을 듣고 있는 것도 사실이지만, 그렇다고 해서 이득을 본 적은 한 번도 없다. 오히려 귀찮다고 생각할 정도이다.

예를 들면, 정기적으로 다니고 있는 스포츠 센터의 트레이너한테서는 인사 대신에 "사귀어 주세요, 남자친구가 되고 싶습니다." 같은 말을 들어서 성가시다. 또 스토커 같은 집착을 가진 동료 남자 교사를 대처하느라 시달리기도 한다.

미인이면 이득을 본다고 미카는 굳게 믿고 있는 것 같지만, 그런 일은 결코 없다고 이해시키려면 도대체 어떻게 하면 좋을까.

"어쨌든 쌍꺼풀 액은 염증이 가라앉을 때까지는 절대로 사용하지 말 것. 알았지?"

미카의 눈꺼풀에 연고를 발라 주며 다짐을 해 둔다.

"아, 하지만! 이제 와서 못생긴 얼굴로 학교에 온다는 건 지나친 고행이에요."

또 이런다.

어째서 미카는 피부가 팽팽하게 덮인 아름다운 외겹 눈꺼풀을 그렇게 싫어하는 것일까.

"나는 시무라의 얼굴이 아주 좋은데."

"그건 선생님 눈이 쌍꺼풀이기 때문에 그렇게 생각하시는 기에요. 한 번이라도 좋으니까 외꺼풀이 되어 보세요. 거울 볼 때마다 한숨밖에 나오지 않으실 테니까요."

'그러니까, 그건 네가 그렇게 굳게 믿고 있을 뿐이어서 그런 거야.'라고 말하고 싶은 것을 꾹 참고, 미카가 이다음에 눈꺼풀이 부어서 보건실에 온다면 알려 줄 생각으로 준비해 두었던 주술을 머릿속에 떠올렸다.

"있잖아, 미카. 이런 주술을 알고 있어?"

"주술요?"

"눈이 커지는 주술. 3학년들 사이에서 유행하고 있다는데?"

"3학년 사이에서요? 들은 적은 없지만, 그래도 궁금해요! 알려 주세요! 알려 주세요! 어떤 주술이에요?"

됐다, 넘어왔다.

보건 교사로서 오바나 시에서 살게 된 뒤부터 나는 규칙적인 생활을 하고 있다.

뭔가 문제가 일어나지 않는 한 정시에 학교를 뒤로 하고 (이것저것 잔업이 있는 날이 대부분이지만), 우리 아파트 가까운 마트에서 반값 가격표가 붙은 반찬을 고른다.

귀가 후에는 식사를 하면서 독서를 하거나 영화를 보거나 음악을 듣는다. 모두 새로운 주술을 생각해 내기 위해 하는 일이다.

체육관에 들러 스파링으로 땀을 흘리는 날은 있지만, 누구와 식사하러 외출하는 일은 거의 없다.

쓸데없는 인간관계는 그 지역에서의 생활을 원활하게 하기도 하지만, 방해하는 경우도 있다. 모처럼 얻은 직장을 또다시 바꾸는 일은 가능하면 피하고 싶었다.

늘 가는 마트에서 쇼핑을 끝내고 집으로 돌아오는 길, 편의점에 들러 정기 구독을 할지 말지 결단을 내리지 못하고 있는 과학 잡지의 최신호를 사서 아파트 엘리베이터 앞에 섰다.

낡았지만 청결하며 독자적인 모습의 건축 양식이 마음에 드는 주거지다. 구형 엘리베이터가 늦게 움직이는 것 또한 멋이 있어서 좋다. 다만, 성가신 미행이 따라붙을 때에는 초조함의 원인이 된다.

"저……."

드디어 등 뒤에서 말을 걸어 왔다.

떼어 버렸다고 생각했는데 역시 따라붙었던 모양이다. 천천히 뒤를 돌아본다.

"……어?"

무심코 맥이 빠진 목소리를 내고 말았다. 생각했던 것과는 전혀 다른 사람이 서 있었기 때문이다.

뒤를 밟히고 있다는 것은 마트를 나섰을 즈음부터 눈치 챘지만 틀림없이 동료 남자 교사라고 생각했었다.

예상과 달리 그곳에 있던 것은 근처 남자 학교의 교복을 입고 있는 소년이었다.

은테 안경에 바짝 맨 팥색 넥타이, 단정하게 단추를 잠근 감색 상의, 다림질이 잘된 정 사이즈의 회색 바지에서는 성실한 고등학생이라는 인상만 느껴졌다.

"앗! 어…… 죄송해요, 갑자기 말을 걸어서요. 하지만 좀 걱정돼서요……."

우등생을 그림으로 그린 듯한 모습의 소년은 허둥지둥하면서 그렇게 설명했다.

"걱정이 돼다니 무슨 소리야?"

우리 학교 학생은 아니지만 일단 보건 교사의 태도로 응한다.

"어, 그러니까…… 우연히 지나가는데 '아오이'의 자전거 주차장에서 눈치를 챘어요. 누나의 뒤를 적당한 거리에서 미행하고 있는 사람이 있다는 사실을요."

그가 말하는 '아오이'라는 것은 내가 자주 다니는 마트의 상호명이다.

"그렇군." 하고 납득을 했다. '이중으로 미행이 달라붙었었다는 것인가?' 하고 말이다.

요컨대, 마트를 나왔을 때부터 뒤를 따라온 것은 예상했던 대로 동료 남자 교사였을 것이다.

어딘가부터 남자 교사는 미행을 단념했거나 "오늘은 여기까지."라며 되돌아갔겠지만, 이 고등학생은 나를 걱정해서 일부러 알려 주러 온 것 같다.

"걱정해 줘서 고마워. 짐작 가는 데가 있으니까 괜찮아. 내일이라도 본인한테 말해 볼게."

"아시는 분이었어요?"

"아는 사이라고나 할까, 동료야."

"동료 분한테 미행을 당하신 거예요?"

"전혀 모르는 사이인 너한테 할 만한 이야기는 아니지만. 뭐라고 할까, 약간 가벼운 스토커 같은 느낌이 들어. 뭐, 확실하게 이야기하면 알아듣겠지."

어떻게 답을 할까 생각하고 있는 듯, 은테 안경 속의 눈이 약간 흔들리고 있다. 의외로 그 눈은 심지가 강해 보였다.

"뭔가 제가 할 수 있는 일은 없을까요?"

"음……." 하고 나는 조금 생각에 잠겼다.

그가 이렇게까지 나를 걱정해 주는 것은 겉모습 그대로의 성실함 때문인가, 아니면 강한 인상을 가진 연상의 여성이 자기 타입이라서 '잘하면 어떻게 좀…….' 하고 생각했기 때문인 것일까.

"마음은 고맙지만 정말 괜찮아. 내가 충분히 대처할 수 있으니까. 너는 이제 걱정하지 마."

"됐지?" 하고 거듭 확인을 하는 나를 향해, 안경 속의 눈은 작게 깜빡이고 있을 따름이었다.

다음 날 점심시간.

동료 남자 교사와 이야기를 했다.

"선생님은 학생들 앞에서 당당하게 저한테 하고 있는 행동에 대해 말할 수 있나요? '호감을 가진 상대라면 집까지 뒤를 쫓거나, 도촬하거나, 일방적인 메시지를 보내도 괜찮아.' 하고 말할 수 있어요? 만약 말하지 못한다면 지금까지 저한테 했던 행동은 앞으로 절대 하지 말아 주세요."

남자 교사는 고개를 숙이고 "폐를 끼쳤습니다."라고만 말했다.

이해를 한 건지 아니면 모양새만의 사죄인지는 지금으

로선 아직 모르겠다. 일단 이쪽은 이런 기분이라는 사실은 전했다.

원래라면 학교 측에 보고해야만 하고 경찰에도 신고를 하는 것이 올바른 대응이라고는 생각하지만, 나는 소위 일반 시민이 아니다. 마녀다. 가능하면 성가신 일은 피하고 싶었다.

우선은 이걸로 상황을 지켜본 후, 확실히 바뀌었다면 그걸로 됐고, 아무것도 바뀌지 않았다면 그다음 대응을 생각하면 된다.

오후는 평소처럼 보내고 오래간만에 정시에 근무를 끝냈다.

귀가 도중 다니고 있는 체육관에 들러 한 시간 정도 땀을 흘리고 단골 마트 '아오이'에서 반값 할인 가격표가 붙은 반찬을 몇 가지 샀다. 싸게 팔고 있길래 이어서 키친 타월과 주방 세제도 샀다.

"스토커 일은 더 신경 쓰지 말라고 했을 텐데, 고다마 군."

아파트의 엘리베이터 앞에 다디라, 나는 휙 뒤돌아보며 말했다.

내가 갑자기 뒤돌아보자 놀랐는지 은테 안경을 쓴 남자 고등학생은 성급하게 눈을 깜빡이고 있었다.

"어떻게…… 제 이름을?"

알려 주지도 않은 이름이 불리자 동요하고 있는 것 같다.

"문의해 보았어. 네가 입고 있는 그 교복을 입는 고등학교에. 홋카이도에서 막 전학을 왔지. 오에이 고등학교 1학년, 고다마 유히 군. 새로운 생활은 어때? 이제 익숙해졌어?"

문의해 보았다고 하는 것은 거짓말이다.

요즘은 가족이라고 말을 한들 그렇게 간단하게 개인 정보를 알려 주지 않는다.

교복에서 학교 이름 정도는 알 수 있었기 때문에, 오에이 고등학교의 정보를 검색한 것이다. 학생들의 각종 SNS 게시글과, 교사가 익명으로 제공하고 있는 정보 같은 것들을 대조해 가며 그 학생인 것 같은 인물을 특정했다.

솔직히 학교 데이터 베이스에 침투하는 것 정도는 마녀에게 쉬운 일이다. 주술을 만드는 일과 컴퓨터 프로그래밍은 어딘가 닮은 부분이 있다. 현대의 마녀에게 해킹하지 못하는 컴퓨터 같은 건 내 생각에 존재하지 않는다. 성가신 일을 만들기 싫어서 하지 않을 따름이다.

애초에 그런 일을 하지 않아도 이만큼이나 개인 정보가 활발하게 제공되고 있기 때문에, 검색 요령만 파악하면 대개의 개인 정보는 인터넷상에서 모두 수집할 수 있다.

그런 이유로 나는 지금 알고 있다. 한 번 만났을 따름인 남자 고등학생의 이름과 학년과 재학중인 학급명과 이 오바나 시로 전학 온 지 얼마 안 되었다는 것까지도.

성실함 그 자체를 보여 주는 교복 차림의 남자 고등학생, 고다마 유히는 마음을 진정시키려는 듯이 크게 심호흡했다.

"이곳에서의 생활에는 아직 익숙해지지 않았어요. 친구도 안 생겼어요. 늘 혼자예요."

정직하게도 내 질문에 대답을 해 준다.

'어머나!' 하고 생각했다. '아주 또 고지식하게 대답하는구나!' 하고 말이다.

"그래서 스토커를 당하고 있는 선혀 모르는 여성한테 흥미를 가진 거야?"

유히가 턱을 조금 당긴다. 작게 끄덕이고 있는 듯이 보이기도 했고 가볍게 고개를 옆으로 흔든 것처럼도 보였다.

"'아오이'에서 아주 신중하게 아보카도가 익었는지 아닌지를 보고 계셨죠. 그 모습이 왠지 마음에 걸려서요."

"아보카도는 익지 않으면 사용하기가 곤란하니까. 가능하면 잘못 고르고 싶지 않잖아?"

"네. 그래서 익은 것으로 신중하게 고르고 계시구나 하고 생각했어요."

"그 같은 일반적인 행동을 하는 사람의 어떤 점이 그렇게 마음에 걸렸을까? 스토커 같은 사람에게 뒤를 밟히고 있는 것을 우연히 자전거 주차장에서 발견했다고 한 것은 거짓말이었어. 과일 코너에서 본 것이 먼저였지?"

"그건……."

왠지 그 지점에서 유히는 우물거렸다.

역시, 연상의 인상 강한 여성이 자기 타입이라는 걸까. 뭐, 상관없다. 지금 그것을 지적하는 것은 너무 지나치다.

"유미하마라고 해."

"네?"

"내 이름."

"아, 이름……."

"오바나 제일 중학교의 보건 교사야. 보다시피 너보다 상당히 연상이고."

느닷없는 자기소개를 듣고 놀랐는지 유히는 가볍게 눈을 뜬 채로 있다. 놀란 것뿐만이 아니라, 다른 학교라고는 하지만 내가 학교 관계자라는 사실에 복잡한 심경이 들었는지도 모르겠다.

"불공평하잖아, 일방적으로 나만 너에 대해 알고 있는 건. 그래서 최소한의 내 소개를 한 것뿐이야."

유히는 다시 꾸벅 머리를 숙였다.

"신경 쓰게 해 드려서 죄송합니다. 어, 유미하마…… 선생님."

'좋아, 성공이네.' 하고 생각한다. 선생님이라 덧붙여 나를 부른다.

이걸로 나는 이제 이 아이에게 **연상의 인상 강한 여성**이 아니라, **근처 중학교에서 보건 교사를 하고 있는 사람**이 되었을 것이다. 이쯤에서 이야기를 원래대로 되돌리자.

"어쨌든, 너는 '아오이'에서 눈에 띈 내 뒤를 쫓아왔어. 그랬는데 스토커 같은 남자가 있다는 것을 알아챈 거지."

"네. 알아채지 못하고 계시다고 생각했기 때문에 내버려 둘 수 없었어요. 그래서 집까지 따라가서……."

"스토커가 있다고 알려 준 거구나."

"쓸데없는 참견인가라고도 생각했지만요."

"음……." 하고 나는 생각에 잠긴다. 그것은 과연 쓸데없는 참견인 걸까 하고.

처음에는 자기도 흥미 위주로 뒤를 쫓고 있던 여성이 스토커 같은 남자에게 뒤를 밟히고 있다는 사실을 알아차린다. '무슨 일이 생기면 큰일이야, 알려 줘야만 해.'라고 생각하는 것은 쓸데없는 참견이라고 하기 보다는 고교생다운 정의감이 아닐까.

"나는 때마침 스토커의 존재를 알고 있었지만, 그렇지 않은 여성인 경우에는 범죄를 예방하는 일이 되었을 테니까 네 행동은 의미 있는 행동이야. 쓸데없는 참견은 아니라고 생각해."

"하지만." 하고 나는 덧붙여 말했다.

"모르는 여성의 뒤를 아무 말없이 따라가는 일은 옳지 않아."

꺼져 갈 듯한 목소리로 "네." 하고 유히가 대답했다.

"저도 그렇게 생각해요. 비열한 행동을 하고 말았어요. 정말로 죄송합니다."

거듭 머리를 숙이는 유히에게 어떤 말을 해 주는 것이

맞을까.

또다시 나는 조금 생각에 잠겼다. 이거다 싶은 말이 좀처럼 떠오르지 않는다.

뭔가에 끌린 듯이 "후우." 하고 유히가 얼굴을 든다.

그대로 뒤를 돌아다보았나 싶었는데, 마주 보고 있었던 나한테 느닷없이 덤벼들었다. 그 바람에 양쪽 어깨를 힘껏 들이받히고 말았다.

비틀거리면서도 나는 보았다. 그의 뒤에 나이프를 치켜든 검은 마스크의 남자가 다가오고 있는 것을.

반사적으로 나는 자세를 갖추고 유히의 팔을 힘껏 끌어당겼다. 그 대신에 내가 검은 마스크를 쓴 남자의 눈앞으로 뛰어들어 간다.

내리친 나이프가 오른쪽 눈 부근을 스친 듯한 기분도 들었지만, 상관없이 상대의 턱 끝에 강렬한 어퍼컷을 날렸다. "캑!" 하고 개구리 울음소리 같은 비명이 귓전에서 울린다.

푹 하고 무릎부터 떨어진 남자는 천천히 지면에 쓰러져 버렸다.

"유미하마 선생님!"

엉덩방아를 찧었던 유히가 표정이 변한 채 일어나서 다

가온다.

"피가! 오른쪽 눈 위에서 피가 나고 있어요!"

그 말을 듣고 손을 댄 오른쪽 눈 위가 흠뻑 젖어 있다. 그렇게 생각해서인가 시야도 어둡다. 피가 눈에 들어간 것이겠지.

갑자기 "꺄!" 하는 비명이 들려왔다. 지나가던 여성이 피투성이인 내 얼굴과 나이프를 한 손에 들고 쓰러져 있는 검은 마스크의 남자를 발견하고 내지른 비명이었다.

돌연 주변이 소란스러워졌다. 계속해서 사람들이 모여든다.

"고다마, 지금 돌아가. 귀찮은 일이 생기기 전에."

"하지만……."

"빨리!"

피투성이 얼굴을 하고 큰소리를 지르자 기가 눌렸는지 당황해하면서도 유히는 웅성대는 사람들 틈을 뚫고 떠났다.

교대하듯 구급차 소리가 들려온다. 친절한 누군가가 신고를 해 준 모양이다. 축 늘어진 채인 검정 마스크의 남자의 눈매를 다시 한번 잘 확인해 보았다. "역시……." 하고 한숨이 나온다.

점심시간에 스토커 짓을 그만두라고 타일렀던 남자 교사였다.

사흘만에 평소 앉던 의자 등받이에 몸을 기대자, 깊고 깊은 한숨이 나왔다. 안도의 한숨이라는 것 말이다.
어제와 그제, 경찰 조사와 학교 측과의 면담 등에 쫓겨 심신이 모두 몹시 지쳤다.
오른쪽 눈 위의 상처도 생각보다 깊어서 신중하게 붕대를 감은 상태이다.
시력에 영향은 없는 것 같아서 일단 안심은 했지만 겉모습이 주는 임팩트가 상당한 듯, 사흘만에 출근한 사실을 안 학생들이 보건실에 찾아올 때마다 야단법석이었다.
어찌되었든 조사 때 틀림없이 조회당했을 내 주민 등록과 호적이 주술로 대략 작성된 것이라는 걸 발각되는 일 없이, 모든 마무리가 무사히 끝났다.
상해죄로 구속된 동료 남자 교사도, 지금은 들러붙어 있던 마귀가 떨어져 나갔는지 그저 반성만 하고 있다고 한다. 어째서 그렇게 유미하마 선생님에게 집착하고 밀았는지 이제는 잘 모르겠디고도 하면서 말이다.

"되돌릴 수 없는 일을 하고서야 비로소 꿈에서 깨게 되었다. 왜 좀 더 빨리 내가 하고 있는 짓은 이상한 행동이라고 깨닫지 못했을까."라고 바로 조금 전까지의 자신을 돌아보며 그저 고개를 갸웃거리고만 있다고 한다…….

 그가 지금 상태 같기만 하다면 난 이제 그에게 그 이상의 것은 요구하지 않는다.

 '꿈에서 깨었더니 터무니없는 짓을 하고 만 후였다. 아무리 원해도 원래의 생활로는 결코 돌아갈 수 없다.'는 것 만큼 두려운 체험은 없다고 생각하기 때문이다.

 그 뒤로는 이 나라의 법이 그를 심판하면 된다.

 만약 필요 이상으로 그를 공격하는 익명의 외부인이 나타난다면, 나는 필시 그쪽을 심판할 것이다.

 심지어 이번 일은 일부 보호자 사이에서 "유미하마 선생한테도 뭔가 문제가 있는 것이 아닌가?" 하는 의견도 나오는 것 같았다.

 나에게 향하는 익명의 외부인으로부터의 공격 또한, 물론 나는 허락할 마음이 없었다. 머지않아 '보호자 여러분께'라는 공식 문서를 학교에서 발표할 수 있게 되었다. 내 결백을 알리는 내용에 더해, 실제로 스토커 피해를 당한 사람들한테서 받은 스토킹 예방 정보도 제공할 예정이다.

사건의 경위를 확실하게 전달함으로써, 오바나 제일 중학교의 학생들이 스토커 피해자도 가해자도 되지 않게 할 귀중한 정보를 줄 것이다.

그리고 가벼운 마음으로 엉뚱한 소문을 만들어 무책임하게 확산시키는 일 또한, 두 말 할 필요 없는 가해 행동이라는 사실을 보호자들에게 이해시킬 생각이다.

동료 남자 교사가 했던 행동을 단순 범죄 행위로 끝내지는 않을 것이다. 이것이야말로 피해자인 동시에 보건 교사이기도 한 내가 해야 할 일이라고 생각하기 때문이다.

뭐, 마녀가 할 일은 아닌 것 같다는 생각도 들기는 하지만, 이것만은 주술로 어떻게 할 수 있는 일이 아니기 때문에 어쩔 수가 없다.

마녀는 범죄를 심판하지 않는다.

사람이 저지른 잘못은 사람이 정한 규칙으로만 심판할 수 있는 것이다.

그 뒤로, 고다마 유히가 접촉해 온 일은 없다.

경찰에서도 이름이 나오는 일은 없었으므로, 이마도 무사히 그 자리를 벗어나 기가한 것이 분명하다.

우연히 눈에 띈 상대에게 이유도 없이 흥미가 일어 뒤를 따라가고 만다. 그런 게 스토커 행위 바로 그 자체인 것이다. 다만, 유히의 나이나 말할 때의 태도를 생각해 보면 미성숙한 남자 고등학생의 작은 모험이었다고 이해해 줄 수도 있겠다.

이번은 '나였으니까 이 정도로 끝낸다.' 하는 조건을 달고 눈감아 주기로 했다.

만약 또 뭔가 이상한 행동을 하는 일이 있다면 앞으로는 용서하지 않는다. 철저하게 대처한다. 그 아이 자신을 위해서도 미래의 가해자가 될 가능성은 없애 두는 편이 좋다. 다른 학교의, 게다가 중학생이 아닌 상대라 하더라도 상관없다. 걱정해야만 할 대상으로서 그 남학생에 대해 기억해 두기로 했다.

"우아, 민 선생님!"

수업이 막 시작하기 직전에 쿵쿵거리며 뛰어든 여학생이 있었다.

이번 소동이 일어나기 전에, 새로 만든 주술을 알려 주었던 시무라 미카였다.

"무슨 일이야? 또 눈꺼풀?"

"에이, 아니예요. 민 선생님이 걱정되어서 들른 거라구요."

"아!" 하고 생각한다.

가끔 잊고 있을 때가 있다. 내가 생각하고 있는 것보다 훨씬 더, 보건 교사로서의 나는 아이들에게 큰 존재라는 사실을.

미카는 단지 다친 내가 걱정되어서 얼굴을 보러 온 것이라고, 있는 그대로 받아들이지 못했다. 그런 나는 보건 교사로서는 아직 미숙하다.

"미인은 미인 나름으로 힘드시겠어요, 진짜!"

그렇게 말하면서 미카는 멋대로 등받이가 없는 회전의자에 앉아 버린다.

"자, 슬슬 교실로 돌아가야지."

"아직 3분 남았는 걸요."

과장되게 한숨을 쉬는 척하면서 미카의 눈꺼풀을 관찰한다. 피부염이 없는지 확인하려고.

"어머, 오늘은 쌍꺼풀이 없네?"

"헤헤. 간신히 알아차리셨네요?"

"혹시……."

"맞아요. 민 선생님이 알려 주셨던 주술이 무지 잘 들었어요!"

미카에게 알려 준 주술을 머릿속으로 불러온다.

준비할 것은 붕대를 고정할 때 사용하는 의료용 테이프와 아주 귀엽다고 생각하지만 나와 조금 닮은 것 같은 아이돌이나 여배우의 사진.

우선 테이프로 눈꺼풀을 이마 쪽으로 가볍게 끌어올려 고정한다. 그 상태로 사진을 본다. 자신과 닮은 부분, 닮지 않은 부분을 하나 하나 분석해 본다. 어디가 바뀌면 더 닮을까. 바꾼다면 닮지 않게 되는 부분은 어디일까. 생각해 보고 깨달은 점을 메모해 놓는다.

전부 자기 전에 할 것. 끝났으면 테이프를 붙인 채 잔다.

잠을 잘 자지 못했거나 다음 날 아침 눈꺼풀에 염증이 생겼다면 이 주술은 당신한테는 적합하지 않다는 신호다. 즉, 쌍꺼풀을 만들면 당신의 매력이 손상되어 버릴 가능성을 시사하고 있다.

붓뎀, 염증 등의 증상이 나타나지 않으면 다음 날도 같은 일을 반복한다.

7일째 밤까지 계속했다면, 그날은 테이프로 눈꺼풀을 고정하지 않고 최고로 귀여운 얼굴을 하고 셀카를 찍는다.

자기와 닮은 것 같은 아이돌이나 여배우의 사진과 견주어 보고 나서 7일 동안의 분석 결과와 비교한다.

닮은 부분이 늘어나 있다면 주술은 성공. 조금씩 당신에게 가장 어울리는 눈이 되어 갈 것이다.

생긋생긋하면서 미카가 말한다.

"사실은요, 7일째까지 할 필요도 없었어요. 4일째가 일요일이었는데, 쌍꺼풀 액이 떨어져서 아무도 마주치지 않을 만큼 먼 곳의 화장품 가게에 갔어요. 그랬더니 초등학교 때 같은 반이었던 오가와랑 딱 마주쳤는데 '옛날에도 생각했었지만 점점 그 사람이랑 닮아 가네? 봐, 아이돌 있잖아.'라며 제가 주술에 사용했던 사진의 아이돌 이름을 말하는 거예요!"

상당히 기뻤었는지 이 이야기를 할 때의 미카의 눈은 눈동자 속에 빛이 들어 별이 흩어진 듯이 반짝이고 있었다.

나는 원래부터 멋진 눈이라고 생각했는데 점점 매력이 더해 간다.

"그 아이돌은 미묘하게 쌍꺼풀이 아니거든요. 속쌍거풀이라고 해야 하나. 아마 그 이상 주술을 계속 실시해서 또렷한 쌍꺼풀이 되었다면 닮지 않게 되었을 거예요. 그래서 4일째에 주술을 그만뒀어요. 적당한 때에 그만둘 수 있었던 것 같아요. 그쵸, 그쵸? 민 선생님?"

"응, 아주 적당할 때 잘 그만두었어. 이미 최고로 귀여운 걸."

한 세트를 7일간 실시하는 주술을 고안했기 때문에 4일째에 효과가 나타났는지 아닌지는 판단을 망설이게 되는 부분이다.

다만, 주술을 시도했기 때문에 오가와의 아무렇지 않은 한 마디가 미카에게 더 의미 있게 느껴졌을 거다.

"이 주술, 정착될 가능성이 있다는 걸까."

미카가 생기 있는 빛을 담은 눈을 깜박거렸다.

"뭐라고 하셨어요? 민 선생님?"

"카운트 다운을 했을 뿐이야. 여덟, 일곱, 여섯……."

이유도 없이 수업 시간에 늦으면 정말 긴급할 때 이외엔 일주일간 보건실 출입은 금지.

이는 전교생에게 공통되는 규칙이다.

미카는 허둥지둥 일어나더니 "그럼 또 봬요, 민 선생님!"이라고 외치며 복도로 뛰어나갔다.

"자!" 하고 나는 책상 쪽으로 돌아섰다.

미카처럼 귀여워지길 바라는 아이들은 순조롭게 귀여워지면 좋겠다. 가능하다면 내가 고안한 주술도 활용하면서.

다만 그렇게 해서 귀여워진 아이가, 귀엽다는 이유로 타인의 집착의 대상이 되어 버리는 일은 결코 있어서는 안 된다.

미인은 이익을 보지도 않지만, 손해도 보지 않는다.

그것이 당연한 세상이 바람직한 것이라고 마녀 또한 다시 생각한다.

어쨌든, 나는 키보드를 두드리기 시작했다.

보호자 여러분께.

나는 마녀다.

보건 교사이기도 하다.

일곱 마녀 결정전이 시작된 지 어느새 수년. 기권을 하는 마녀도 슬슬 나오기 시작하는 듯했다.

그건 뭐, 상관없다.

참가하는 데 의의가 있고, 계속하지 못하겠다고 판단했다면 자진해서 기권하면 된다. 그건 당연한 권리다.

세상에 퍼뜨린 주술의 숫자를 서로 겨루고, 다른 마녀가 정착시킨 주술에 납득할 수 없는 내용이 있다면 직접 당사자에게 찾아가 무효화를 걸고 결투를 신청한다.

아무래도 이 결투 부분에서 전의를 상실하고 있는 마녀

가 적지 않은 듯했다.

"이해가 가기도 하네."라고 생각했다. 결투라는 것은 매일매일의 단련이 승부를 가른다. 평소에 항상 신체를 단련해 두어야만 한다는 뜻이다.

마녀 중에는 같은 일을 계속해서 반복하는 것이 서투른 타입도 많다. 단순히 운동이 싫은 사람도 있을 것이다.

다행히 나는 몸을 움직이는 것을 아주 좋아하기도 하고 원래 격투라는 것에서 미학을 느끼기도 했다.

희한하게도 나는 결투 신청을 받은 횟수가 적지만, 어디까지나 "내가 고안해 낸 주술의 질이 높기 때문이지 저질 체력이라고 소문이 떠도는 것과는 관계가 없다."고 생각하고 싶다.

최근 내 컨디션은 최상이다. 지난주에는 두 개나 연이어 주술을 유통했다.

어떤 고민이라도 지금이라면 얼마든지 대응할 수 있을 것 같은데, 어쩐 일인지 이번 주는 보건실에 찾아오는 학생이 매우 적다.

오늘은 오전과 오후를 합쳐도 체육 수업 때 넘어져서 무릎이 깨진 학생의 치료뿐이었다. 상담거리를 가지고 온 학생은 전혀 없었다.

 뭐, 상담이 적다는 것은 좋은 일이기는 하지만······.

 "한가하네······."

 책상 앞에서 무심코 그렇게 중얼거린 순간 살짝 문이 열렸다.

 '선생님, 지금 시간 괜찮으세요?'

 얼굴을 비친 것은 몇 번인가 수다를 떨러 왔었던 3학년 여학생 나카노 나나였다.

 "하!" 하며 깊고 긴 한숨을 쉰 내게 "이봐!" 하며 **선생**이 날카로운 목소리를 던졌다.

 "뭐야, 그 깊고 긴 한숨은?"

 대답 대신에 나는 더 깊고 긴 한숨을 쉬었다.

 "······하아······."

 선생과 나란히 앉아 있던 곳은 오바나 시 중앙공원 원형 광장에 마련된 나무 벤치였다.

 완만하게 솟아오른 중앙의 잔디밭 구역에는 둥글고 키가 작은 코키아(역주 : 명아줏과에 속하는 일년초.별명은 댑싸리)가 같은 간격으로 늘어서 있었다. 스포트라이트 같은 조명이 그 주변을 밝게 비추고 있었다.

귀가 도중에 역 앞에서 얼굴을 딱 마주쳤고, 어쩌다 어슬렁어슬렁 걷는 사이에 여기까지 동행하고 말았다.

내가 **선생**이라고 부른 이는 동료도 뭣도 아닌 **시라세즈노 스나**, 인간 이름으로 이와키 아코. 그저 아는 마녀다. 일곱 마녀 결정전의 참가자이기도 하며 오랜 세월에 걸친 라이벌이기도 하다.

작가가 생업이기 때문에 **선생**이라고 부르게 되었다. 이미 몇 년이나 마녀 이름으로도 인간 이름으로도 부른 적이 없다. 간단히 말해 견원지간이다. 구태여 이름을 부르지 않는다.

상대도 나를 **선생**이라고 부르는데 그건 물론 내가 중학교의 보건 교사이기 때문이다.

오바나 시라는 곳은 마녀에게는 묘하게 마음이 편한 곳인 듯하다. 서로 미리 짠 것이 아닌 데도(그런 일은 있을 리가 없다.) 우연히 고른 주거지가 둘 다 같은 시내였다.

서로의 아파트는 지하철 역의 남쪽 출구와 북쪽 출구로 반대 방향이기는 하지만, 생활권은 겹치기 때문에 늘 얼굴을 마주치고 있다.

또 한 사람의 동료 마녀인 우라베 카스미(마녀 이름은 '와스레나노 키시베')는 늘 무엇을 착각했는지 "치사해, 둘이서만!" 하며 자주 불평을 하곤 한다. 우리 세 명은 마녀 학교의 동기들이다.

그런 카스미도 이래저래 내 아파트에 들르고 있으며 때로는 멋대로 **선생**을 초대하기도 한다. **선생**은 자기 집에 타인을 들이고 싶어 하지 않기 때문에 셋이서 모일 때는 반드시 우리 집이다.

어쨌든 나와 **선생**이 이렇게 오바나 시 중앙공원 벤치에 나란히 앉아 있는 데에는 그런 사정들이 있었다. 요약하자면 이웃인 것이었다.

"무슨 일이라고?"

청초하며 참한 모습과는 달리, 좋게 말하면 씩씩하고 나쁘게 말하면 고압적인 지휘관 같은 말투의 **선생**이 대답을 재촉했다. 나는 세 번째 한숨 대신, 불쑥 중얼거렸다.

"……하지 못했어."

"어? 뭐를?"

"노력은 했어. 하지만 무리였어."

"그니까! 무슨 이야기냐고!"

살랑살랑한 긴 머리를 흔들면서 **선생**은 나에게 다가온다.

'어째서 이 녀석은 이렇게 청초한 분위기의 얼굴을 하고 있으면서도, 천성이 이렇게 거친 것일까…….' 하며, 아무래도 상관없는 것을 생각하면서 나는 결국 세 번째 한숨을 쉬었다.

나카노 나나는 항변하듯 말하기 시작했다.

"하지만 심하지 않아요? 쿠루미 짱 역시 사실은 아이돌이나 모델이나 성우나, 자기도 엄청 동경하고 있으면서 '네 말은 좀 잘못된 거 아닐까?' 같은 말을 하니까요!"

"저기……." 하며 나는 이야기 도중에 끼어든다.

"쿠루미 짱이라면 너와 자주 함께 다니는 다나베를 말하는 거구나. 너는 다나베 쿠루미에게 어떤 말을 했는데?"

"보통 사람의 인생 같은 건 가치가 없다고 했어요."

"오…… 그랬다고?"라며 나는 조금 턱을 당기고 말았다.

이런 종류의 이야기는 마녀에게는 딱 질색이다.

보통이든 보통이 아니든. 마녀의 인생은 반드시 그 사이에 있다.

'난처하네.' 하고 생각한다. 그렇게 생각하고 난 후에는 "아차!" 하고 입술을 깨문다.

주술을 만들어 낼 때는 그 주술을 주고 싶은 상대에 대해 거북함을 느끼게 되면 곤란하다. 주술의 토대가 되는 영감에 영향을 줄 수 있는 것이다.

만약 내가 나나에게 줄 주술을 만들기로 결정할 경우, 처음부터 그르친 셈이다.

"너는 왜 그렇게 생각하게 되었는데?"

"네? 이유 같은 건 없어요! '보통 그냥 생각해 보면 그런 거니까' 그렇게 말했을 뿐인데요."

'보통 그냥 생각해 보면'이라니.

자신이 생각하고 있는 그 **보통**이 어디에서 온 **보통**인 것인지, 잠깐이라도 생각해 본 적은…… 없겠지, 분명.

생각해 본 적이 없기에 더더욱 나나의 태도에는 망설임이 없다. 자신이 생각하는 **보통**은 모두에게도 같은 **보통**. 모두가 생각하는 **보통**도 자신이 생각하는 **보통**과 같다. 나나에게 있어서 **보통**이란, 그런 것이다.

"요새는요, 팔로워 수가 적은 아이라는 것만으로도 굉장히 아래라고 여겨져요. 고등학생이 되면 더 하겠죠? 보통

밖에 안 되는 존재는 진짜 무시를 당한다구요. 지금의 저는 아슬아슬해요. 보통보다는 조금 팔로워 수가 많고, 인기 있는 애하고 소통도 하고는 있지만요."

가만히 듣고 있던 나에게, 나나는 갑자기 불안해졌는지 "선생님?" 하고 부른다.

"듣고 계세요?"

"듣고 있어, 제대로."

"진짜요? 이야기가 길다고 생각한 거 아니셨어요?"

"생각 안 했는데?"

"하지만 멍하니 계셨어요."

"그럴 마음은 없었는데, 너한테는 그렇게 보였구나?"

나나는 바닥에서 띄운 발끝을 흔들거렸다. 등받이가 없는 회전의자가 끼이익 하며 낡아 버린 소리를 낸다.

"다나베는." 하며 내가 입을 열자 약간 머리를 숙이고 있던 그녀의 얼굴이 "앗!" 하며 올라왔다.

"……다나베는, 보통인 인생에도 가치가 있다고 말한 걸까?"

"그건 아닌 거 같아요. '가치라고 하는 표현은 좋아하지 않아.'라고 말하더라고요. 그래서, '다른 표현이 있어?' 하고 물어봤어요. 그랬더니 '얼마든지 있지 않아?'라고 하더라고요. '앗, 갑자기 시비조로 나오네.'라는 생각이 들어서, '뭔가 거슬렸어?'라고 물었고, 그랬더니…… 뭐라고 답을 했더라? 잊어버렸지만 어쨌든 거기에서부터 이야기가 어긋나서 이제 그만하자고 일방적으로 말하더라고요."

다나베는 생각한 적이 있을 것이다. **보통**이란 무엇일까 하고. 그리고 알아채고 말았을 거다. 나나가 말하는 **보통**의 정체를.

"어쩔 수 없어요……. 쿠루미 짱은 좀 위선자 같은 부분이 있으니까. 사실 자기도 그 애에 대해서 재수없다고 분명 생각했을 텐데, '걔한테도 좋은 점이 있어.' 같은 말을 하니까요."

나나 입장에서는 친구가 반대 의견을 가진다는 것은 생각지도 않았던 일이겠지. 그래서 어떻게든지 상대에게 잘못이 있는 것으로 만들고 싶어 한다.

"너는 그 애가 재수없다고 생각했을지 모르지만, 다나베도 그렇게 생각했는지 아닌지는 본인밖에 모르는 일이지. 물어는 봤어?"

"물어본 것은 아니지만, 다 안다구요! 왜냐하면 마추에 관한 일이거든요? 아시죠, 선생님도. 바로 탄로 날 거짓말만 해서 다들 어이없어 하는 애요."

마추라는 별명이 붙은 3학년 여학생을 알고 있다.

"마추픽추(역주 : 페루 남부 쿠스코시의 북서쪽 우루밤바 계곡에 있는 잉카 유적)에 간 적이 있어."라고 주변에 말을 했는데 부모끼리 친한 학생이 부모를 통해 확인했더니 그런 사실은 전혀 없었다는 것이 드러나고 말았나 보다.

그 뒤, 거짓말쟁이라고 불리는 대신에 마추라고 불리고 있는 모양이었다.

좀처럼 보건실에는 들르지 않기 때문에 평범한 아이라는 인상만 가지고 있었다. 하지만 호기심이 강해서 언젠가 어디로든 뛰쳐 나가기를 고대하고 있는 듯한 얼굴을 한 아이였다.

"마추픽추에 간 적이 있어."라는 이야기도 어쩌면 '언젠가는 가고 싶다.'고 본인은 말할 생각이었는데, 누군가에 의해 말이 덧붙여졌거나 악의를 가지고 내용을 바꿔서 '간 적이 있다.'고 말한 게 되어 버렸을 지도 모르는 일이다.

나나는 거기까지 제대로 확인을 하고 마추라고 부르고 있는 것일까.

그리고, '마추는 역시 마추야.'라고 생각하더라도 혹시 다나베 쿠루미처럼 '좋은 점도 있어.'라는 견해를 가져 보려고 한 적은 있는 것일까.

소용없다.

아무래도 맨 처음에 "난처하네." 하고 생각해 버린 탓인지 나나에 대해서는 평상심을 가지지 못하고 있다. 마녀로서도 보건 교사로서도 있어서는 안 되는 일이다.

나는 휙 하고 작게 머리를 흔들어 정신을 차리고 나나에게 물어보았다.

"사정은 이해하지만, 나나 너는 어떻게 하고 싶은 거니. 다나베와 화해……."

"하고 싶어?" 하고 묻기 전에 나나는 "아니요."라며 단호히 고개를 가로저었다.

"별로요, 쿠루미하고는 이제 됐어요. 그다지 마음이 맞는 것도 아니고, 그 정도라면 다른 애도 얼마든지 있기두 하구요."

그렇다면 '무슨 생각으로 이렇게 길게 그 아이의 이야기를…….' 하고 생각했지만, 입밖에는 내지 않는다. 이야기는 끝까지 들어야만 한다.

"좀 창피하지만 눈 딱 감고 말할게요. 저, 제가 볼 때 민 선생님은 보건 교사 같은 걸 하고 계시는 것이 이상할 정도로 멋진 사람이라고 생각해요. 뭐라고 할까…… 좀 더 특별한 사람이 되실 수 있지 않았을까 하고요."

'오, 왠지 또 생각지 못한 방향으로 이야기가 흐르는군.' 하고 속으로는 당황하면서도, 우선은 "고마워." 하고 대답한다.

"그런 식으로 생각을 했었다니 의외인걸?"

'보건 교사 같은 걸'이라는 부분이 걸리기는 했지만, 지금은 우선 그것도 얼굴에는 드러내지 않는다.

"선생님은 왜 보건 교사가 되셨어요?"

"보건실은 컨디션이 나쁜 사람이나 다친 사람을 치료하는 장소이기도 하지만, 나나 너처럼 그저 수다를 떨려고 오는 학생도 많잖아? 그래서 보건 교사가 된 거야."

"수다를 떨고 싶어서요?"

"그렇다니까."

"에, 그런 이유로요?"

"좀 부족해? 더 근사한 이유가 있다고 생각했어?"

"그건 아니지만요…… 그렇구나 싶은 느낌이에요."

'그렇구나.'라는 건 '실망했다.'를 바꿔 말한 것이겠지.

"확실히 하기 위해서 묻겠는데 네가 보건 교사가 되고 싶은 건 아니지?"

"물론이에요! 그냥 이상했을 뿐이에요. '어째서 민 선생님 같은 분이?'라고요."

"어떤 일을 했다면 납득이 갔을까?"

"글쎄요…… 선생님은 미인이지만 여배우 같은 분위기는 아니니까 정보 프로그램의 해설자 아니면 책을 많이 쓰는 대학 교수! 그거다…… 인터뷰를 많이 하는 인기 여의사?"

나나가 이미지로 떠올리고 있는 특별한 사람은 이해하기가 쉬웠다. 남들한테 대단하다는 말을 들을 만한 직업을 가지고 있으며, 나아가 매스컴에 얼굴이 나오고 있는 사람이다.

"선생님이셨으면 뭐든 되실 수 있었을 텐데 아까워요. 선생님이 만족하고 계시다면 뭐 그걸로 괜찮지만요."

"나는 보건 교사에 만족하고 있는데?"

"그러시구나…… 음."

"그걸로 괜찮지만요."이라고 말하면서도 아깝다는 생각

은 그만두지 못하는 것 같다. '이건 뿌리가 깊군.' 하고 생각한다.

"너는 어째서 그렇게 특별한 사람이 좋다고 생각하는 거니?"

"또 그 말씀이세요? 그러니까 이유 같은 것은 없다니까요. 특별한 사람이냐 보통 사람이냐. 어느 쪽이 되겠냐는 질문에 보통 사람이라고 대답하는 사람 쪽이 적잖아요?"

질문을 잘못했다. 나나한테는 이런 질문법은 소용없는 것이다.

"그러면 너 자신도 특별한 사람이 되고 싶은 걸까?"

"되고 싶어요! 되고 싶은 건 당연하잖아요. 뭐라고 할까, 아까 선생님께서 쿠루미 짱과 화해하고 싶냐고 물으셨잖아요?"

"응, 물었지."

"제가 만약 지금보다 훨씬 특별한 아이였다면, 쿠루미 짱은 그런 식으로 말대답하지 않았을 거라고 생각해요. 저를 대등하다고 생각하고 있기 때문에 그런 식으로 말대꾸를 한 거라고요."

"응?" 하며 역시 고개를 갸웃하고 싶어졌다.

"대등하다고 생각하고 있기 때문에 말대꾸를 한다?"

어디에도 이상한 점은 없었다. 그동안 지켜본 입장에선 '나나와 쿠루미는 무척 좋은 친구 사이네.'라고 밖에는 생각할 수 없었다. 그러나 아무래도 나나는 그렇지 않았던 것 같다.

"만약 제가 특별한 아이였다면 쿠루미 짱도 절대로 말대꾸 같은 거 하지 않고 '그래, 그렇구나.'라고 했을 거예요."

"그러니까요."라며 진지한 얼굴로 나나가 말을 이었다.

"화해 같은 거 하지 않아도 좋아요. 제가 지금보다 더 특별한 애가 되면 그만이니까요."

정말이지 아무 말도 나오지 않았다. 너무나도 뜻밖의 해결책에 뭔가 나나에게 속고 있는 것이 아닌가 하는 기분마저 들었다.

그러니까, "농담이에요."라고 갑자기 웃기 시작한 나나가 "그걸 믿으셨어요?"라고 장난스럽게 말하며, 지금까지 말한 건 전부 몰래카메라를 위한 거짓말이었다는 고백을 하기를 기다리고 있었던 것이다.

계속 말해 보라는 듯이 가만히 나나의 얼굴을 바라보았

지만 반전을 고백할 생각은 전혀 없어 보였다.

"응? 왜요? 선생님?"

······그랬나. 전부, 진심이었나.

이 아이는 진심으로 그렇게 생각하고 있는 것일까.

나나가 확 표정을 바꾸었다. "저, 선생님!" 하며 밝게 웃어 보인다.

"왜 제가 가끔 선생님을 보러 오는지 아세요?"

"어? 왜 그럴까. 모르겠네?"

"특별한 사람의 기운을 받고 싶어서요! 저희 반은 정말이지 보통이들만 있거든요. 보통의 기운에 물들어 버릴 거 같은 거예요. 민 선생님 정도밖에 없는 걸요. 우리 학교에서 특별한 사람다운 기운이 있는 사람은요."

내가 이해해야지. 그래도 이 아이는 나를 칭찬하려는 거잖아. 이해는 해야 하는데······.

"있잖아요, 선생님. 제가 장래에 뭐가 될 것 같다고 생각하세요?"

"뭐가 되다니······. 직업?"

"네, 직업요."

"네가 되고 싶은 직업은?"

"네? 제가 말해야 하는 거예요? 일단, 어울릴 것 같다고 생각하는 것은 아나운서?"

아나운서라는 직업에 필요한 적성을 모르기 때문에 나는 뭐라고 대답을 할 수가 없다.

"나나가 되고 싶다고 생각했다면, 아나운서를 목표로 행동하는 것이 좋지 않을까?"

"될 수 있을까요?"

"될 수 있을지 어떨지는 모르겠지만, 되기 위한 행동을 한 만큼 될 가능성은 있다고 생각해."

"아, 어른들이 자주 말하는 게 그거예요. 의외로 민 선생님도 그런 보통 사람들이나 하는 말을 하시네요. 좀 더 신선한 말씀을 해 주실 거라고 생각했어요."

나나가 신선하다고 생각할 만한 대답은 예를 들면 이런 것일까.

"너는 장래에 아무것도 되지 못할 거라 생각해. 그러니까 젊음이라는 유일한 장점이 있는 동안에 빨리 결혼이라도 하는 편이 좋지 않을까?"

그 질문에는 내가 어떻게 대답을 한들, 빈발을 사거나 풀이 죽거나 할 것만 같은 생각도 들지만.

"솔직히 직업 같은 것은 뭐라도 좋아요. 어쨌든 특별한 사람이 되기만 한다면요."

아무렇지도 않게 그렇게 말하고 나는 의자에서 일어섰다. "아, 후련해." 하고 말하듯이.

"그러고 보니 최근에 주술이 유행을 하고 있어요. 다들 이것저것 해 보고 있는 것 같아요. 만약 **특별한 사람이 될 수 있는 주술**이라는 것이 있다면 저도 하겠지만요."

마지막으로 그런 말을 남기고 "그러면 또 뵈요, 선생님." 하고 천진난만하게 손을 흔들며 나는 교실로 돌아갔다.

"……그래서 고안은 해 봤나?"

가만히 내 이야기를 듣고 있던 **선생**이 오랜만에 입을 열었다.

"어?"

"못했단 소리인가?"

"죽도록 애를 썼는데도 말이지."

"그래서, 그렇게 깊고 긴 한숨을 쉬었던 거군."

"그렇게 됐어."

처음부터 그르쳤다고 스스로도 느꼈던 대로 나나를 위해 만들려고 했던 **특별한 사람이 될 수 있는 주술**은 전혀 완성하지 못했다. 사흘이나 계속 생각하고 있는데도 말이다.

나나가 언제든 보건실을 찾아와도 좋도록, 빨리 주술을 완성해야만 한다고 생각하면 할수록, 주술의 구성이 엉망이 됐다. 부분 부분이 흩어져 처음부터 다시 고쳐야 하는 처지가 되었다. 이렇게까지 주술을 만드는 데 애먹었던 일은 기억에 없을 정도이다.

원래 주술을 만든다는 것은 시간이 승부를 짓는 부분이 있다. 최초의 영감을 토대로 하여 그 위에 부분을 쌓아 올려 형태를 만들어 가는 것이기 때문이다.

시간이 지나면 지나는 만큼 영감은 신선함을 잃는다. 토대가 나쁘면 그 위에 아무리 좋은 것을 쌓아 올린들 쉽게 무너진다.

"한마디 해도 될까?"

조명을 받은 노키아의 원형 무리를 바라보며 **선생**이 물었다.

"그래."

빙글 하고 그녀의 얼굴이 이쪽을 향해 돌았다.

"포기해."

"……어?"

"그 학생을 위한 주술은 절대로 제대로 조합할 수 없어. 버리는 편이 좋아."

'감히 어떻게 저런 말을 하지?' 하고 좀 기가 막혀 버렸다. 포기하라느니, 버리는 편이 좋다느니, 그런 말은 듣는 쪽에 상당한 상처라는 걸 알면서 저렇게까지 거침없이 말할 수 있는 것일까 하고 말이다.

"**보통**이란 걸 깔보는 인간하고 마녀는 애초에 궁합이 맞지 않아. 게다가 **특별한 사람이 될 수 있는 주술**이라고? 끝까지 조합이 나쁘네."

정말로 **선생**이 말하는 대로였다. **특별한 사람이 될 수 있는 주술**은 나나와 같은 아이에게는 반대로 **트러스트 미**가 생기기 어려운 타입의 주술인 것이다.

자신은 특별한 인간이 아니라는 생각이 강한 만큼 **보통**을 까닭 없이 싫어하며, **보통**이 아닌 사람이 되고 싶어 한다. "보통 사람이 주술 같은 걸로 특별한 사람이 될 리가 없잖아?" 하는 생각이 생기기 쉽기도 하다.

설사 주술 조합을 잘했다고 해도, 이 주술은 나나를 만족시키지 못한다.

그런 것은 처음부터 알고 있었다. 알고 있었는데도…….

화가 치민 듯 **선생**이 말한다.

"뭐야, 그 얼굴은? 뭔가 불만이라도 있는 거야?"

"불만은 없지만…… 네가 자비라고는 없는 녀석이라는 생각은 하고 있어."

긴 머리를 등을 향해 부드럽게 넘기면서 "흠." 하고 **선생**이 코웃음을 친다.

"아무한테나 그러는 건 아니야. 그게 너기 때문이지."

나도 눈언저리에 덮여 있던 앞머리를 거칠게 쓸어 올리며 말했다.

"견원지간이기도 하지, 오랫동안."

"바보야. 그게 아니라고. 너한테는 필요가 없을 것 같다는 의미로 말한 거야."

"필요 없다니…… 자비가?"

"자비가 필요한 것은 자신보다 상대의 레벨이 훨씬 아래일 때뿐이잖아?"

"아……." 하는 소리를 내고 말았다.

즉, 우리는 대등하기 때문에 자비 없이 말을 해도 된다고. **선생**은 그렇게 말하고 있다.

　기쁘다는 생각을 하고 말았다. 대등하게 생각해 주고 있다는 사실이.

　그러므로……. 그래, **선생**이 말하는 대로일 것이다.

　"지금의 나는 나나를 위한 주술은 만들 수 없어. 인정해."

　"주술도 만능은 아니야. 주술을 원하는 상대와 주술을 만든 자의 궁합이라는 것이 있어."

　"그렇지……. 이번에는 너무 화가 나 버리고 말았어."

　"도저히 이런 주술을 그 나나라는 학생에게 줄 수는 없어서?"

　"글쎄…… 어째서일까?"

　"처음부터 그르쳤다고 느껴 버렸던 것에 대한 죄책감이 아닐까?"

　"죄책감……."

　"마녀는 누구에 대해서도 공평할 것. 그렇게 생각하는 것은 마녀라면 당연한 것이니까."

　이 또한 **선생**이 말하는 대로일지도 모르겠다. 나나에 대한 어렴풋한 죄책감. 그것이 나의 판단을 무디게 하고 만

부분은 틀림없이 있을 것이다.

단지 **선생**이 말한 것이 전부 맞다고는 생각하지 않는다.

"하나만 짚고 넘어가도 괜찮을까?"

내가 그렇게 말하자 **선생**은 작게 끄덕여 보였다.

"우선 **특별한 사람이 될 수 있는 주술**은 버릴게. 네가 말한 대로야. 다만, 버리는 것은 주술의 조합뿐이야. 나나를 위해 조합을 생각해 내는 자체는 그만두지 않을 거야. 나나를 위해서 만들 수 있는 주술은 반드시 있을 테니까. 포기할 필요 같은 건 없어. 네가 말한 것 중에서 그것만은 틀렸어. 알았지? 보건 교사를 향해서 포기해라 같은 표현은 두 번 다시 하지 마."

처음에는 얌전한 표정으로 있던 **선생**이었지만 끝까지 다 듣는 순간 빙긋 웃어 보였다.

"보건 교사한테는 그래서는 안 된다 이거군."

한 박자 쉰 후에, "지적해 줘서 고마워. 지당한 말씀이야."라며 계속 말했나.

"보건 교사한테 해야 할 말이 아니었군."

"그럼!"이라고 말하듯이 **선생**이 일어선다. 사과하는 뜻에서라며 역 쪽을 가리켰다.

"내가 낼게. 뭔가 배를 채우고 돌아가자."

내 이야기를 들어주었으니 '한턱을 내야만 하는 것은 내 쪽이 아닌가?' 하고 생각했지만 모처럼 "**선생**이 그렇게 말하니까."라며 입을 다물고 있었다.

"그러고 보니 새로운 스테이크 가게가 생겼어. 북쪽 출구에."

"바보야, 얻어먹는 입장에선 나쁠 거 없지만, 좀 저렴한 메뉴를 제안해야 되는 거 아니야? 쇠고기 덮밥이나 라면 같은 걸로."

"맛있을 거야, 그 가게의 스테이크."

선생의 고기 사랑은 '대적할 자가 없다.'라는 말을 붙여도 좋을 정도기 때문에 그녀가 고기의 유혹에 지지 않을 리가 없었다.

"가 볼까."

먼저 걷기 시작한 **선생**의 뒤를 웃음을 참으며 따른다.

"비쌀까? 그 가게?"

"아니, 저렴함을 내세운 가게 같아."

"그렇군."

"다행이야."

"네가 할 말은 아닐 텐데."

그리고 며칠 후에 나나가 보건실에 얼굴을 내밀었다.

"이야기 좀 들어 주세요. 선생님."

나는 아직 나나를 위한 새로운 주술을 만드는 작업에 착수하지 않았다.

그 전에 할 일이 있기 때문이었다.

"그래그래, 무슨 일이야?"

우선 이야기를 듣는다.

그리고 내 이야기도 한다.

예를 들면, 이렇게 말이다.

"스스로 생각하는 **보통**이 모두가 생각하는 **보통**과 일치한다고 생각한댔지? 그런데, 정말로 그럴까?"와 같이 나나에게 잠깐이라도 생각할 기회를 주는 이야기를 해 본다.

'특별한 사람이 되면 친구 관계는 금세 쉬워진다.'고 생각하는 믿음에 작은 틈을 만드는 이야기 말이다.

그 같은 이야기를 나는 이곳에서, 보건 교사로서 일단 나나와 해 볼 것이다.

괜찮나.

나는 마녀로, **보통**과 **보통이 아닌** 것 사이에 있다. 대등하게 여겨진다는 것을 남몰래 기쁘게 느낄 만한 **오래된 지인**을 알고 있기도 하다.

나는 나나와 함께 앞으로의 나나를 위한 이야기를 할 것이다.

주술을 만드는 것은 그 뒤의 일이다.

나는 마녀다.

보건 교사이기도 하다.

오바나 제일 중학교에서 근무하는 한편, 일곱 마녀 결정전에 참가하고 있다.

남아 있는 한 자리를 차지하기 위해 많은 마녀가 일곱 마녀 결정전에 참가 중이다. 수년 전부터 시작되어 지금도 여전히 계속되고 있고, 예정된 종료까지는 마녀 시간으로 앞으로 1년 정도 남았다.

인간 사회의 시간으로 환산하면 좀 더 길 것이다. 덧붙이자면, 나는 계산을 그다지 잘하지는 못한다.

규칙은 간단하다.

하나라도 많은 주술을 인간 세계에 유통한 자가 승자가 된다. 주술의 질은 묻지 않는다. 다만, 다른 마녀가 이의 신청을 한다면 무효화를 걸고 결투를 해야 한다. 거부하거나 도망가면 그 시점에서 일곱 마녀 결정전의 참가 자격을 잃는다.

나는 지금 단계에서는 일단 상위권에 속해 있는 것 같다.

주술을 무사히 유통하면, 일곱 마녀 선정 위원회에서 통지서가 도착한다. "당신이 만든 주술은 무사히 정착하여 유통되었다는 사실을 알립니다."라는 내용이다. 이 통지서는 등록번호가 공개되어 있어 참가자끼리 자유롭게 열람할 수 있다.

열람 방법은 매우 간단하다. 주술의 회람판을 손에 들고 불러내기만 하면 된다.

오색으로 빛나는 금속판 위에 지금껏 받은 통지서의 개수와 숨겨져 있던 이름이 자동으로 떠오른다. 열람자 자신의 이름만 드러나 있는 것이 아니라 통지서 개수로 순위를 매겨 전체 중 내 위치가 어느 정도인가 하는 정보도 알 수 있게 해 준다.

사는 곳이 가까워서 이래저래 마주칠 일이 많은 **선생**인

시라세즈노 스나(인간 이름은 이와키 아코.)와, 아코와 마찬가지로 마녀 학교 시절의 동기 **와스레나노 키시베**(인간 이름은 우라베 카스미). 이 두 명도 상위권에 있는 것 같다.

참가자 중에는 마녀 학교 시절에 친하게 지냈던 동기와 상급생, 하급생들도 있었다. 몇 명인가는 이미 기권했다는 소문을 들었다. 지금부터 상위로 올라가기에는 어려운 위치에 있다고 스스로 털어놓은 친구도 있다.

빈자리는 한 개뿐.

일곱 마녀 지원자들이 격전을 벌이는 날이 이어진다.

점심시간이 막 시작된 복도를 걷고 있는데, 등 뒤에서 누군가 가볍게 말을 걸어왔다.

"민 선생님!"

돌아보니 2학년 여학생 세 명이 나란히 서 있었다.

"웬일이세요, 선생님이 2학년 교실 앞을 걷고 계시다니?"

말을 걸어온 학생이 명랑하게 말했다. 양쪽 두 명도 싱글벙글하며 즐거운 듯하다.

"출장 중이야."

"출장요?"

"2학년 1반에."

"어째서 출장을요?"

"어제 방과 후 동아리 활동 중에 관절을 삐어서 치료하러 왔던 남학생이 있었는데, 오늘 아침까지 상태를 보여 주러 오라고 말했는데도 오지 않았기 때문이야. 내가 진찰을 하려고 왔어."

"어, 누구예요? 누구예요? 어느 동아리 남자애예요?"

"농구 동아리의 이토야."

세 명은 거의 동시에 "이토래!" 하며 실망한 목소리를 냈다. 호흡이 맞은 자신들의 반응에 웃음보가 터진 듯, 세 명은 깔깔 웃었다. 그러고선 "그럼 또 봬요, 선생님." "다음에 봬요."라며 손을 흔들며 가 버렸다. 거참, 솔직한 3인조군.

분명 이토 군은 그다지 인기 있는 타입은 아닌 것 같다. 말수기 직고 옷차림에도 신경을 쓰지 않는다. 다만, 농구 센스는 상당한 것 같으며, 무엇보다도 성실하게 활동하고 있다. 마녀인 나는 '그런 아이가 사실은 크게 잘되는 거지.' 히고 생각하고 있지만, 그런 진실을 깨우쳐 준다고 한들 저

아이들은 분명 깔깔대며 웃기만 하겠지.

"아, 선생님!"

"어머, 모리시타. 마침 잘됐네."

2학년 1반의 보건 위원인 모리시타 린카였다. 눈에 띄게 키가 큰, 조금은 어른스러운 학생이다. 긴 머리를 낮은 위치에서 포니 테일로 묶고 있었다.

"지금부터 1반에 가려던 참이었는데 농구부의 이토 군, 교실에 있어?"

"아마 있을 건데요. 이토한테 볼일이 있으세요?"

"조금."

"끝나고 나면 보건실로 돌아가세요?"

"응, 돌아가지."

린카는 "알겠습니다."라고만 대답하고 가 버렸다.

'오늘은 이제 아무도 오지 않으려나?' 하며 돌아갈 채비를 하기 시작하자 그제야 모리시타 린카가 좁게 열린 문 건너에서 말을 걸어왔다.

"선생님, 벌써 퇴근하세요?"

"퇴근하려고 하던 중이었는데, 무슨 일 있어?"

"상담을 좀 할 수 있으면 좋을 것 같아서요."

"응, 괜찮아. 들어와."

나는 어깨에 메려고 했던 검정 백팩을 책상 위에 되돌려 놓았다.

점심시간 때의 모습에서는 금방 보건실에 찾아올 듯했는데, 방과 후까지 시간이 걸렸던 것은 린카 안에도 아직 망설임이 있기 때문이겠지.

누군가에게 이야기를 하고 싶다. 하지만 말하는 것은 좀 무섭다. 그런 마음의 동요를 린카한테서 느꼈기 때문에, 시간이 걸렸다는 사실이 놀랍지는 않았다. 다만 점심시간 때 보았던 얼굴보다도 표정에 좀 더 복잡함이 어려 있다는 점이 살짝 당황스러웠다.

"2반의 시노이를 아세요?"

알고 말고 할 것도 없었다.

2학년인 **시노이 마츠리카**라고 하면 화제의 인물이다. 그것도 우리 중학교에서 뿐만이 아니었다. 오바나 시 전체에서, 아니 이 나라 전체라고 말해 버려도 좋을 것이다.

시노이는 역사 깊은 순수 문학상을 지난달 수상했다. 과

거에 중학교 1학년생 중에 수상자가 있었기 때문에 아깝게도 최연소 수상자는 되지 못했지만, 그렇다고 해도 열네 살의 쾌거라고 하는 사실에 지난달 내내 우리 학교는 물론, 마을 전체가 축제 분위기에 들떠 있었다. 매스컴의 취재는 밀어닥치고, 행정 기관에서 다양한 의뢰가 쇄도했다고 들었다.

"시노이라면 알지, 물론."

린카는 "그러시군요."라고 말할 뿐 입을 다물어 버렸다. 마치 내가 시노이 마츠리카의 존재를 알고 있다는 것 자체에 심하게 상처 입은 듯한 얼굴을 하고 있었다.

"시노이가 어쨌는데?"

내 쪽에서 아무렇지 않은 듯 재촉을 하자 각오를 한 듯이 린카는 말하기 시작했다.

"저도 쓰고 있어요."

"소설?"

"네."

투고도 했었다고 한다. 시노이 마츠리카가 수상했던 문학상에도 말이다.

"여러 곳에 응모했었는데, 가장 원했던 것이 시노이가

수상한 상이에요."

"그렇구나. 그러면 시노이의 수상 때문에 모리시타의 입장에서는 마음이 좀 복잡했겠구나."

"복잡이라고 할까…… 너무 싫었어요."

'엇?' 하며 약간 의외라고 생각했다. '그렇게까지 확실하게 말을 하다니?' 하고 말이다.

"그래서 말인데요." 하며 린카가 똑바로 나를 본다.

"앞으로 만약 제가 그 상의 최종 선정에 남는다고 해도 '어, 이 애는 저 시노이 마츠리카와 동갑이고 게다가 같은 중학교 학생이잖아.' 같은 말을 듣게 된다면 저한테는 절대로 불리한 일이 되겠죠?."

"글쎄 어떨까. 선정 위원은 프로필을 가리고 응모작만을 읽고 선발할 것 같은데."

"그럼, 만약 최후의 두 작품에 남았다면요? 전혀 다른 배경을 가진 작가를 뽑으라고 분명히 편집부가 의견을 내겠죠. 겹치지 않는 것이 좋기 마련이니까요."

이렇게 빠른 말로 직설적으로 감정을 드러내면서 이야기하는 린카는 처음이었다.

린카는 전교 보건부장이기 때문에 정기적으로 얼굴을

보고 있다. 어딘가에서 스치면 잠시 서서 이야기를 나눌 정도로 가까운 관계였다. 그런 가운데 내가 린카에게 갖고 있던 인상은 '2학년생 치고는 침착하고 단정한 아이구나.' 하는 것이었다. 소설을 쓴다는 것이 린카에게는 특별한 행위라는 사실을 나는 이해했다.

"나도 잘은 모르겠지만 문학상 선정 위원회는 매우 엄정해서 편집부의 의향 같은 것은 반영될 분위기가 아닐 것 같은데?"

"그런 건 모르겠어요. 팔릴 것 같은 작품이나 화제가 될 만한 작가가 수상하는 쪽이 편집부 입장에서는 즐거울 테니까요. 공개하지 않을 뿐이지 가능성은 있다고 생각해요."

상당히 수박 겉핥기식 지식이 많은 듯한 느낌이 든다. 조금 화제를 바꿔 볼까?

"시노이와는 친하니?"

"같은 반이 된 적도 없고, 접점도 없어요. 아, 하지만 한 번 부딪힐 뻔해서 서로 미안하다고 말한 일이라면 있어요."

"그렇구나. 그러면 시노이에 대해서는 잘 모르는 거네."

"지금으로서는, 그래요."

"모리시타 너는 어떤 소설을 쓰고 있니?"

"소위 순수 문학인데요, 약간은 엔터테인먼트도 넣은 글을 쓰고 있어요."

"그러면, 평소에도 그런 분위기의 소설을 읽고 있는 걸까."

"읽는 것은 미스테리가 많아요."

"어머, 그렇구나. 하지만 쓰는 것은 미스테리가 아닌 거네."

"미스테리는 머리가 좋지 않으면…… 순수 문학은 문장이 좋으면 어떻게든 쓸 수 있을 것 같아서요."

'그런 일은 없지 않을까.' 하는 생각은 했지만, 지금은 어쨌든 린카의 가슴속에 있는 것을 끄집어 내는 것이 우선이다.

"최근 우리 중학교에서 주술이 유행하고 있다는 사실을 알고 계신가요, 선생님."

"……주술?"

시치미를 떼며 나는 대답한다.

"그러고 보니 유행하고 있는 것 같기는 하네."

"저, 주술같이 불확실한 것에 의지하고 싶을 만큼 지금 빙빙 돌겠어요."

"빙빙?"

"계속 생각하고 있어요. 주술이든 뭐든 좋으니까 시노이가 불행해지는 방법이 없을까 하고요."

찌릿하고 손가락 끝이 저렸다. 바로 그 순간, 불쾌함이라는 이름의 검은 연기가 몸 안에 차오르기 시작했다는 것을 느꼈다. 타인의 불행을 바라는 마음에 반응한 것이다.

그 옛날 마녀가 사람들로부터 기피당하기 시작한 이유 중 하나는 마녀가 타인에게 불행을 가져오는 존재라고 알려졌기 때문이다.

"마녀는 주술을 사용하여 불합리하게 타인을 불행하게 만든다. 그러므로 우리는 마녀의 존재를 허락해서는 안 된다. 마녀사냥은 인간을 지키기 위한 올바른 권리인 것이다."라고 널리 선포된 적도 있다.

그러나 그건 완전한 오해다. 분명 주술에는 타인을 공격하는 타입의 것도 있기는 하다. 한 사람 한 사람의 인생을 완전히 파괴할 정도의 위력을 가진다고도 하지만 대부분의 마녀는 그 같은 공격형 주술을 봉인하고 있다.

사용할 일이 있다면 누군가로부터 완전히 피할 수 없는 공격을 받았을 때뿐이다. 그것도 자신을 위해서는 좀처럼 사용하지 않는다. 누군가를 보호하고 싶을 때만 사용하는 것이다.

마녀의 유구한 역사를 살펴봐도, 타인의 인생을 파멸시킬 정도의 주술이 사용된 것은 모두 그와 같은 상황에서였다. 지난날 마녀사냥 단체들은 대체로 그와 같은 진실을 검게 칠해 덮었다. 그리고 그와 같은 상태에서 오해가 이어져 왔다. "마녀는 타인에게 불행을 가져다주는 존재이다. 실제로 얼마든지 예가 있다."라는 식의 오해 말이다.

그러나 현대를 살아가는 마녀라 하더라도 아마 가슴속에는 모두 같은 생각을 가지고 있을 것이다.

타인의 불행을 바라는 감정에 주술을 연결시키는 일은 해서는 안 된다. 그것은 전혀 올바른 것이 아니기 때문이다.

"……선생님?"

린카의 목소리에 "훗!" 하고 숨을 되돌린다.

"아, 미안해. 좀 놀랐었나 봐. 모리시타답지 않은 말을 갑자기 하니까."

린카는 그 순간만큼은 뺨을 확 붉히고 자기가 한 말을 부끄러워하는 듯한 기색을 보였지만 그 이상의 강렬한 감정이 있었던 모양이다.

"하지만, 그래도…… 치사해요. 시노이한테만 좋은 일이 생기고."

"그렇다고 해서 시노이가 불행해지길 바란다는 것은……."

린카는 '여기까지 했는데 이제사 뭘.'이라고 생각한 듯 이어서 말했다.

"수상뿐만이 아니에요. 시노이한테 생긴 좋은 일은요. 2반의 오쿠다를 아세요?"

"알지, 안경을 쓰고 키가 큰……."

"맞아요, 오쿠다랑 저는 초등학생 때부터 서로 책을 빌려주기도 하면서 사이가 계속 좋았어요."

농구부의 이토 군에게 "이토래!" 하며 실망하던 3인조가 이 얘기를 듣는다면, "오쿠다래!" 하며 실망할 게 분명하다. 그러나 마녀의 눈에 오쿠다는 상당한 **참**(charm)을 가진 사람이다.

마녀의 속어인 **참**은 단순한 매력이 아니다. 만만치 않은 매력을 의미한다. "의외로 말이지."라거나, "볼 줄 아는 사람이 보면 말이야." 등과 같은 수식어가 붙는 매력을 **참**이라고 부르는 것이다.

"오쿠다 군하고 사이가 가까웠구나?"

"네, 그런데 얼마 전에 오쿠다가 갑자기 이러는 거예요. '이럴 줄 알았으면 우물쭈물하지 말고 좀 더 빨리 말할걸.' 이라고요."

"응? 뭐를?"

"좋아한대요. 새삼스럽게 고백해 봤자 상을 받아 유명해지니까 고백하는 거 아닌가 하고 생각할까 봐 말을 못 하겠대요."

"아……." 하고 린카의 이야기를 머릿속으로 정리해 봤다. 즉, 오쿠다는 원래 시노이를 좋아했었는데 고백을 하지 못하는 사이에 시노이가 문학상을 수상했다. 시노이는 닿을 수 없는 존재가 되고 말았고 오쿠다는 그런 고백을 린카에게 했다. 그런 이야기다. 그렇게 되나.

"몰랐어요……. 오쿠다가 시노이를 좋아했다는 거요. 1학년 때부터 계속 좋아했었대요. 국어 시간에 히이쿠(역주 · 俳句. 5, 7, 5의 3구 17자로 된 일본 특유의 단시) 발표회가 있었는데 시노이가 쓴

하이쿠를 듣고 전기가 통했다고 했어요. 뻔뻔해요……. 그런 건, 제가 계속 꿈꿔 왔던 짝사랑을 받는 법이었는데, 오쿠다가 그런 식으로 좋아한 게 시노이였다니…….”

자신에게 특별히 소중했던 것을, 그것도 두 개나 시노이에게 빼앗겼다. 린카는 그렇게 느끼고 있었다. 그래서 시노이의 불행을 바라지 않을 수는 없다는 말인가.

"저, 선생님. 미워하는 사람이 불행해지는 주술 같은 것은 없을까요."

"미워하는 사람이 불행해지는 주술…… 말이지."

"아신다면 알려 주세요."

"있을까, 그런 주술."

"있어요, 분명히. 왜냐면 '미워하는 사람이 불행해지면 좋을 텐데.' 같은 건 누구라도 생각하는 일이잖아요."

나는 조금 생각한 후에 이렇게 답했다.

"그렇게까지 원한다면 주술에 대해 잘 아는 학생한테 좀 물어볼게. 아, 하지만 그렇게 큰 기대는 하지 말아."

린카는 조금 지친 모습으로, "또 오겠습니다." 하면서 등받이 없는 회전의자에서 일어났다.

21층 높이의 오바나 타워는 내가 마음에 들어 하는 장소다.

기분이 내키는 날엔 한밤중에 하늘을 날아, 달빛 아래의 높은 빌딩 옥상 위에 살짝 올라선다. 그리고 그저 바라본다. 근무지인 오바나 제일 중학교를 포함한 오바나 시의 전체 모습을.

"안녕, **미치카케노 토비라**씨."

누군가 머리 위쪽에서 마녀 이름으로 날 불렀다.

얼굴을 들어 목소리가 들린 쪽으로 시선을 돌렸다. 공중에 떠 있는 그 인물의 얼굴은 달을 등지고 있는 탓에 검게 칠한 듯 눈에 보이지 않았다.

딱 맞는 검정색 숏 팬츠에 오버 사이즈의 하얀 파카. 머리 스타일은 둥그스름한 짧은 보브 스타일이다. 그 외엔 몸집이 작다는 것밖에 모르겠다.

"내려올 생각은? 없다면 내가 올라갈까?"

내가 그렇게 말하자, 공중에 떠 있던 상대가 쿵 하고 콘크리트 위에 내려섰다. 드러난 상대의 얼굴을 보고 나도 모르게 한숨을 쉬었다.

"뭐야, 바비였잖아?"

"뭐야라니요. 제 목소리를 바로 알아차리지 못하셔서 조금 상처 받았어요. 그런 식의 말투도 마찬가지고요."

속칭 바비. 마녀 이름은 **마도로미노 호노오**라고 하며 마녀 학교 시절의 하급생이다.

바비라는 이름은 외모의 인상에서 유래했다. 처음에는 밤비라고 불렸었지만, 어느 사이엔가 바비로 부른다. 얼마 전에 **선생**인 이와키 아코의 표절 책을 출판하여 호되게 당하고 있다고 했다. 지금은 일자리를 잃었을 것이다.

"어차피 제 인간 이름도 기억하지 못하지요, 선배는?"

"아니, 그건 그렇지만 기억하고 있는걸? 탑을 뜻하는 탑(塔)에 자식 자(子)를 붙인 토우코(역주 : 塔子)잖아. 성은…… 하마…… 하마…….."

"하마나예요. 하마나 토우코!"

맞다, 그랬다.

"그래서? 어쩐 일이야. 뭔가 볼일이라도 있나?"

"또 그러시네요……. 저를 그렇게 매정하게 대하시는 거요."

"볼일 없는 거야?"

"볼일이 없으면 만나러 오면 안 된다는 말씀인가요?"

"그렇다고나 할까, 내가 여기 있다는 것을 어째서 알고 있나 생각해 봤더니. 집에서부터 따라온 게 분명한 거 아니겠어? 그런 녀석은 매정하게 대하고 싶어진다는 답을 하면 안 되는 건가?"

바비는 작은 동물처럼 조그마한 얼굴로 한껏 풀이 죽은 표정을 지으며 "그렇지는 않겠지요." 하고 대답했다.

"어째서 너는 그렇게 나와 **시라세즈노 스나**의 뒤를 계속 쫓아다니는 거야? 친구가 없는 건가?"

어이없다는 듯 내가 그렇게 말하자, 바비는 몸을 조금 공중에 띄우고 발돋움하며 발레 댄서처럼 빙글 하며 턴을 해 보였다.

"친구는 적기는 하지만, 그런 것이 제가 선배들을 좋아하는 것과는 아무런 관계도 없다고 생각하는데요."

"좋아하는 것에도 정도가 있어. 네 행동은 도가 지나쳐."

빙글 하며 또 돈다.

"도가 지나칠 정도로 아주 좋아하는데도 늘 이 정도로 끝나니까 너그럽게 봐 주세요."

빙글, 빙글, 빙글. 3연속 턴. 꽤 그럴듯하다.

"무슨 논리야, 그건?"

바비는 내 눈앞까지 와서 딱 하고 자세를 취했다. 무슨 자세인지는 모르겠지만 한 손을 앞쪽으로 내밀면서 한 발을 높이 뒤쪽으로 올렸다.

"너무 좋아해서 반대로 이상한 행동을 하기도 하잖아요, 인간이란 존재는요. 마녀 역시 마찬가지예요. 너무 좋아해서 스토커처럼 되어 버린다거나."

너무 좋아해서, 반대로…….

"음……." 하고 나는 생각에 잠겼다. 내게는 떠오르는 얼굴이 있다. 그 이후 주변에서 본 적은 없지만 늘 신경 쓰고 있다.

바비는 또 빙글빙글 돌기 시작했다.

"선배."

"응?"

"저, 다음 직업은 댄서로 정했어요."

"그렇구나, 댄…… 어? 댄서?"

"뮤직 비디오의 댄서 모집에 응모했는데 합격을 했어요. 게다가 심사 위원이었던 사람한테 스카우트 제안까지 받았어요. 함께 춤을 춰 보지 않겠냐고요. 뭔가 유명한 댄스 팀에 있는 사람 같더라고요."

"저런! 그렇단 말이지. 야, 잘됐네."

자세히 보았더니 바비의 몸은 공중에 떠 있지 않았다. 발레 댄서와 마찬가지로 주술의 힘은 사용하지 않고 자신의 근력만으로 까치발을 하고 있을 뿐이었다.

"실업자가 된 후에 한가해서 근처 발레 교실에 계속 다녔어요. 그랬더니 눈에 띄게 실력이 향상돼서요. 이걸 직업으로 삼을 수 있지 않을까 하고 생각해서 오디션을 받았는데 합격해 버린 거예요."

"그거 대단하네. 응, 정말 대단해. 열심히 노력했구나, 바비…… 아니, 토우코."

바비는 발레 동작으로 인사를 했다.

"그런 이유로 당분간은 또 선배들의 뒤는 쫓지 못하게 되었어요. 쓸쓸해하지 마세요?"

나는 아무 대답하지 않고 "훗!" 하고 웃었다.

"또 그런 식으로 멋있는 반응을 하시니까…… 하…… 이째서 선배는 그렇게 멋질까요. 아, 싫다 싫어."

"싫다 싫어."라고 하면서 하비는 빙글하고 몸을 공중으로 띄웠다. 그대로 천천히 올라간다.

"아! 너, 바비! 일곱 마녀 결정전을 위해서도 착실하게 노력하고 있겠지?"

바비는 상공에서 나를 내려다보며 작게 고개를 갸웃해 보였다.

"노력하…… 는 듯, 안 하는 듯?"

"노력해라, 확실하게."

"노력하는 마녀가 줄어드는 편이 선배에게는 좋지 않나요?"

"노력하지 않는 마녀들에게 이겨서 손에 넣는 일곱 마녀의 자리 따위는 단순한 의자야. 있어도 없어도 그만인 의자 말이야."

"음…….."이라고 말하듯 바비는 생각에 잠겨 있다. 헐렁한 파카 자락이 아래에서 부는 바람에 펄럭여 어린아이처럼 아주 잘록한 배가 훤히 보였다.

"전부터 물어보고 싶었는데요, 선배는 어째서 일곱 마녀가 되고 싶은 건가요?"

생각지 못한 질문이었다. 되고 싶은 이유 같은 것은 새삼스럽게 생각해 본 적도 없다. 일곱 마녀 결정전에 대한 통지를 받았기 때문에 당연하게 참가 신청까지 했다. 참가하지 않겠다는 생각은 처음부터 없었다.

"너는?"

"선배들이 나간다고 하니까요."

역시 묻는 게 아니었다고 생각하면서 탁 하고 가볍게 지면을 찬다.

바비와 같은 위치까지 몸을 띄워서 위로 말린 옷자락을 내려 주었다.

"배를 드러내지 마. 차가워져."

바비는 얼굴을 붉히고 있다. "어째서 지금 같은 순간에, 왜 이런 반응을 하시나요?"라고 바비가 말한다.

"내가 일곱 마녀 결정전에 참가하고 있는 것은 일곱 마녀가 되고 싶어서라기보다는, 마녀로서 해야만 할 일이라고 생각하기 때문이야. 마녀라면 일곱 마녀를 지키는 것은 당연한 일이기도 해. 그리고 그곳에 비어 있는 자리가 있어서 빈 채로 둘 수 없다면 더 훌륭한 일곱 마녀가 새롭게 선출되어야만 하겠지? 나는 더 훌륭한 일곱 마녀를 선출하려면 모든 마녀가 참가해야만 한다고 생각해."

'구태여 말한다면 이것이 일곱 마녀 결정전에 내가 참가하고 있는 이유일까.' 하고 생각했던 것을 그대로 말했다. 바비는 얌전한 얼굴을 하고 듣고 있다.

일곱 마녀는 모든 마녀에게 있어 지침이 되는 존재이다. 무슨 일이 있어도 우리를 지켜주는 존재이기도 하다. 그렇기 때문에, 우리 마녀도 일곱 마녀를 지킨다. 그렇게 해서 주술은 계속되어 간다.

밤비라는 별명에 어울리게, 아담하면서도 귀여운 이목구비를 가진 그녀는 그때까지의 진지한 얼굴을 갑자기 구깃하고 무너뜨렸다. "후훗!" 하고 웃으며 바비가 말한다.

"알겠습니다. 선배에게 일곱 마녀의 자리가 단순한 의자가 되지 않도록 저 바비도 노력할게요."

바비는 그대로 오바나 시의 상공으로 사라져 갔다.

구성은 아주 심플한 것으로 했다.

선이나 그림 등이 없는 완전한 백지를 두 장 준비해 놓는다.
한 장에는 미운 상대의 이름을 수성 펜으로 쓴다.
그것을 가능한 한 작게 접어서 금방 끓인 홍차 속에 담근다.
담그고 있는 사이에 주술을 외운다.
세파라, 피타, 세파, 파라라, 파라라.
외우기를 마치면 홍차에서 종이를 꺼내서 또 한 장의 종이로 싸서 쓰레기통에 버린다.

모리시타 린카를 위해 생각한 주술이다.

미운 사람을 불행하게 만드는 주술

나는 린카가 바라던 대로의 주술을 그녀에게 알려 주었다. 물론 이상한 잔재주 같은 것은 부리지 않았다. 바르게 실행하면 미운 사람을 확실하게 불행하게 할 수 있을 것이다.

린카는 진지한 얼굴로 이 주술을 암기하고 있었다. "해 볼지 아닐지는 아직 모르겠다."고 말했지만 린카는 할 것이다. 분명히.

나는 며칠 동안 린카의 보고를 기다렸다.

불과 4일 후.

등교하자마자 린카는 곧장 보건실로 찾아왔다. 척 보기에도 불만스러운 얼굴을 하고.

"선생님, 그 주술 전혀 안 들었어요. 효과 같은 것은 통 없었어요."

의자를 권해도 앉으려고 하지도 않았다.

"어떻게 효과가 없었는데?"

"시노이한테 더 좋은 일이 생겼어요."

"좋은 일?"

"또 한 곳의 문학상에 응모한 것 같은데 그쪽에서도 상을 주기로 어제 결정되었다고 해요. 오늘 아침 인터넷 뉴스에 나왔어요."

"그랬구나."

"그것뿐만이 아니에요. 저는 여배우인 우라베 카스미 씨의 열렬한 팬인데요 오늘 아침 와이드 쇼에 게스트로 나왔던 카스미 씨가 시노이가 화제로 나오자 어젯밤에 마침 첫 번째 수상작을 다 읽었는데 무척 좋았다는 이야기를 해서……."

차를 입에 머금고 있다가 내뿜을 뻔했다. 설마 여기에서 우라베 카스미의 이름을 들을 줄이야. 쓸데없이 뜨끔하고 말았다.

"둘 다 제가 그 주술을 걸어 본 뒤에 일어난 일이에요. 이건 효과가 없었다는 거죠?"

"글쎄……. 그럴까?"

동조해 주지 않는 내게 린카는 더욱 화가 난 듯했다. 눈 깊은 곳에 어두운색의 빛이 빛나고 있다.

"왜 시노이한테만…… 저, 그렇게 열심히 제대로 주술을 외웠는데…… 조금도 불행해지지 않다니요."

"좋아!" 하고 나는 심호흡을 한다.

쓸데없이 뜨끔했던 탓에 흐트러져 있던 호흡을 가다듬고 나서, "있잖아, 모리시타." 하고 린카를 부른다.

"있지, 그 주술은 틀림없이 들을 거라고 믿고 걸었던 거지?"

"맞아요. 저도 이유를 모르겠지만 그 주술이 반드시 효과가 있을 거라는 믿음은 들었어요. 하지만 효과가 없었죠. 제가 주술을 외운 뒤에도 시노이에겐 좋은 일만 일어났어요."

나는 린카의 말을 끝까지 듣고 나서 이야기해야만 할 점을 두 가지로 좁혔다.

"그렇다면 주술은 효과가 없었던 것이라 치고, 그 원인을 생각해 볼까. 왜 그 주술은 듣지 않았을까. 그거 분명히 **미운 사람을 불행하게 만드는 주술**이었지?"

"네. 그래서 했던 거죠."

"모리시타 너한테 이 주술은 효과가 있을 것 같다는 믿음 같은 것도 분명 있었던 거고."

"있었어요."

"하지만 듣지 않았다."

"네."

"그렇다면 시노이는 모리시타 네게 '미운 사람'이 아니었던 게 아닐까?"

"……어째서 그런가요? 저, 미워요. 시노이가요."

"하지만 효과가 없었잖아? 그 주술."

"그렇긴 하지만요……."

"미워하는 사람이 아니었기 때문이라는 생각이 들었어. 왜냐하면 미워하는 사람을 불행하게 하는 주술이잖아, 그거 말이야. 그러나 실은 미운 게 아니었던 거지."

"아니에요, 그건."

"응, 그렇구나. 그러면 다음 가능성. 그 주술이 효과가 없었던 원인은 시노이한테 있었던 게 아닐까?"

"원인이 시노이한테…… 있다고요?"

"모리시타 너는 시노이에 대해 잘 모르니까 그 애가 불행했다고 해도 알 도리가 없는 거지. 만약 그 애가 이미 불행했을 가능성은 없을까? 그래서 그 주술은 효과가 없었던 거지. 그 애가 이미 불행해졌기 때문에."

린카의 얼굴에 "아!" 하는 깨달음이 생기는 것을 나는 놓치지 않는다. 먼저 말을 걸지 않고 기다렸다.

"그러고 보니까……."

"그러고 보니까?"

"시노이의 여동생이 꽤 오래전에 병으로 세상을 떴다는 이야기를 들은 적이 있어요."

"괴로운 일이었겠구나. 그때는 물론이고, 그 뒤로도 어린 자식을 잃어버린 부모님을 지키기 위해 하지 않아도 좋을 고생도 했을지 모르겠네."

"그럴지도…… 모르겠네요. 그 영향일지도 모르겠지만, 시노이는 초등학생 무렵은 굉장히 어두웠었다고…… 누군가 말한 것 같아요……."

지금의 린카에게 필요한 내 도움은 이제 아주 조금일 뿐이다.

"시노이한테 불행은 이미 찾아온 뒤였다. 그렇게 생각하면 그 주술은 들을 리가 없었던 걸지도 모르겠구나. 그런데 어느 쪽일까. 그 주술이 효과가 없었던 원인은?"

린카는 갑자기 바르르 떨며 고개를 가로젓기 시작했다.

"저예요, 제가 원인이에요! 저, 사실은 시노이를 미워하지 않아요. 그저 부러웠던 거예요. 그래서…… 그래서 효과가 없었던 거예요!"

 주술이 효과가 없었던 원인은 자신에게 있었다. 사실은 시노이를 미워하지 않았다. 그래서 주술은 효과가 없었다……. 그런 말을 린카는 하고 싶어 하는 듯했다.

 좋은 일만 일어나고 있는 것처럼 보이는 상대에게도 내가 모를 뿐이지 견디기 힘든 불행이 있었을지 모른다.

 시노이 마츠리카에 대해 자기가 몰랐던 일이 존재했음을 이제 막 린카는 깨달았다. 깨닫게 되었기 때문에 주술이 효과가 없었던 원인이 더더욱 자신에게 있다고 말하기 시작한 것이리라.

 원래 불행했을지도 모르는 사람이 한층 더 불행하기를 바라고 있었을지도 모른다.

 그런 생각을 상상에서조차 해 본 적이 없다면, 지금 린카가 매우 당황하고 있는 것도 당연할 것이다.

 '지금부터야.'라고 나는 생각한다.

 지금은 그저 죄책감에 그저 겁을 내고 있을 뿐일지도 모른다. '이걸로 시노이가 더욱 불행해진다면 어떻게 하지?' 하는 죄책감으로 머리가 가득해져서 두렵겠지. 두려움으로 앞으로의 인생이 엉망이 되지 않을까 염려되겠지. 그래서 당황하여 주술이 효과 없었던 원인이 자기에게 있는 것으로 하고 싶었을 것이다. 그런 까닭에 겨우 말을 할 수 있었다. 사실은 시노이를 싫어하지 않고 부러웠을 뿐이었다고.

그래, 지금은 그것만으로 괜찮다.

잘 알지도 못하는 상대의 불행을 하품이라도 하듯이 가볍게 바라는 것에 대한 두려움을 알아차렸으며, 진짜 마음을 입밖으로 내어 말할 수 있게도 되었다.

그 두려움이 멈추고 나서라도 괜찮다. 사실을 말해 버린 창피함이 사라진 후라도 괜찮다. 어째서 자신이 상대가 불행해지기를 바라고 말았는지를 생각해 보았으면 좋겠다. 누구를 위해서도 아니고 너 자신을 위해서야, 모리시타 린카. 괜찮아. 너는 정말로 좋은 아이라는 사실, 나는 분명히 알고 있어.

애초에 **미운 사람을 불행하게 만드는 주술**은 처음부터 유통하지 않을 생각으로 만든 주술이다. 린카의 진짜 마음을 만나기 위해서만 사용할 생각이었다.

괴로워서 감당할 수 없겠다는 생각을 떠안았을 때, 사람은 자기 마음을 속여 버리는 일이 있다. 린카는 부럽다고 생각하는 것을 창피한 일로 느꼈던 것 같다. 그래서 그 창피함을 싫다는 감정으로 바꿔 놓았다.

처음에는 마음이 편해졌을지도 모른다. 그러나 이윽고 어긋남이 생긴다. 실제와 다른 감정으로 괴로워하고 있는 것이기 때문에 당연한 일이다.

그 어긋남을 수정하는 것만으로도 "뭐야, 터무니없이 정체 모를 상대 때문에 괴로워했었는데, 정체가 이거였군." 하고 안심을 하는 일도 생긴다. 그런 기분까지는 느끼지 못했다손 치더라도, 새로운 것을 생각할 여백 정도는 생기기도 한다.

내 앞에는 지금, 자신의 진짜 마음을 말할 수 있었던 린카가 있다.

린카에게 정말로 필요한 주술을 만들 준비가 이제야 다 되었다.

"선생님······."

린카가 살짝 나를 부른다.

"상상력이 너무 없죠, 제가요. 작가가 되고 싶다고 생각하는 주제에······. 저, 좀 더 다양한 것을 상상할 수 있는 사람이 되고 싶어요······."

나도 모르게 입가에 미소가 지어졌다. '벌써?'라는 의미의 미소. '어쩜, 모리시타는 벌써 거기까지 생각할 수 있게 되었구나?' 하는 미소 말이다.

"……될 수 있을까요?"

나는 될 수 있다고는 말하지 않는다.

왜냐면 나는 마녀이기 때문에.

대신, "그러고 보니."라고 말한다.

"그런 주술도 있었던 것 같은데…… 어떻게 할래? 해 볼래?"

장난스럽게 웃으면서.

이지러지기 시작한 달을 뒤로 하며, 오바나 타워의 옥상에 내려섰다.

조용한 밤이다. 바람도 불지 않는다. 자동차의 클랙슨 소리만이 가끔 귀를 스쳐 간다.

광대한 녹지를 품은 오바나 시의 풍경에는 어둠이 짙게 드리워 있었다. "훗!" 하고 숨을 내뿜으면 금세 깜깜해지고 말 것 같아서 조금 두려워진다.

마녀에게도 두려운 것은 있다.

빛을 잃는 일이다.

아무리 작아도 괜찮다. 아무리 어둠의 분량이 많아도 괜찮다. 확실하게 켜진 빛이 아주 조금이라도 있기만 한다면.

시선을 남쪽으로 옮겼다.

그곳에는 내가 사는 아파트의 빛이 있다. 그 가까이에는 근무지인 오바나 제일 중학교의 비상등이 켜져 있고, 주변에는 학생들이 잠든 집에서 새어 나오는 빛들이 점점이 흩어져 있다. 다른 학교의 학생이기는 하지만 앞날이 신경 쓰였던 그 남학생이 다니는 학교, 그 정문 앞 가로등도 저 불빛 중 하나일 것이다.

북쪽 방향으로 시선을 돌리면 여전히 잠들지 않은 번화가의 빛의 무리가 있고, 그 조금 건너에는 내가 아주 싫어하는 **선생**의 방에서 비치는 빛도 있다.

오바나 시의 밤을 빛내는 빛 전부가 지금 내 눈 아래에 있다.

조심조심 "훗!" 하고 숨을 내뿜어 보았다.

사라지지 않는다.

어떤 빛도 사라지지 않고 켜진 채 그대로다.

가볍게 콘크리트를 차며 몸을 돌려 공중으로 떠올랐다.

천천히 구름이 거의 없는 밤하늘로 올라간다.

나는 마녀이자 보건 교사이다.

이 마을에서, 살아가고 있다.

역자의 말

처음 이 원고를 받았을 때의 첫인상은 아주 독특한 설정이라는 느낌이었고, 왜 보건 교사가 마녀일 필요가 있을까 저절로 궁금해지는 이야기였지요. 학생들은 고민이 있으면 보건 교사인 주인공을 찾아오곤 합니다. 남들은 모르는 자신의 이상한 성격에서부터, 신체적인 특징에 대한 고민, 친구나 가족 관계에 대한 고민, 성희롱에 이르기까지 다양한 종류의 고민을 가지고 있습니다.

주인공은 학생들의 이러한 다양한 고민거리를 들으며 매우 섬세하고도 진지한 상담을 진행합니다. 주인공이 제시하는 해결책은 집에서 학생들이 간단하게 실천할 수 있는 일종의 주술 의식이지만 이를 통해 학생들은 놀라울 만큼 내면의 성장을 이룩하지요. 이 소설을 우리말로 옮기는 동안, 무언가 말할 수 없을 만큼 통쾌함을 느끼며 작업했는데 이 글을 읽은 독자 여러분도 그런 감정을 느끼셨을지 궁금합니다.

겉으로는 보건 교사로 보이지만, 주인공의 정체는 사실 '마녀'라는 재미있는 설정은 이 소설에 왜 필요했을까요? 주인공은 마녀 세계를 지키는 일곱 마녀 중 한 사람이 되기 위한 결정전에 참가하고 있기도 하고요. 그 결정전에서 승리하기 위해 남모를 훈련도 하고 인간세계에 유통할 주문도 열심히 만듭니다. 다른 마녀 동료들과 함께 말이지요.

마녀는 초인적인 힘을 가진 존재이면서, 동시에 사회로부터 배척받는 소수자를 상징하는 존재입니다. 이 소설은 다분히 사회적으로 약자일 수밖에 없는 여성의 문제, 특히 나이가 어린 청소년 여성의 문제를 다루고 있기 때문에 마녀라는 설정은 여성을 스스로 구원하는 여성 영웅을 대변하는 것이 아닐까 하는 생각을 했답니다. 어둠 속에서 묵묵히 정의를 실현하는 배트맨이라는 남성 영웅이 있다면 이 소설 속에서는 '마녀들'이 여성 간의 연대를 통해 어둠 속에서 온갖 신기한 주술을 만들어 내지요. 우리 어린 중학교 여학생들의 더 나은 삶을 위해서요.

이 소설의 대상은 청소년이지만, 사실 어른이 읽어도 재미있습니다. 처음 원서를 읽으면서 저 또한 푹 빠졌습니다. 현실 세계에 존재하는 보건 교사, 그리고 마녀라고 하는 약간의 판타지가 어우러진 이야기가 독자 여러분에게 색다른 즐거움을 선사하리라 생각합니다.

마지막으로 이 책을 선택해 주신 독자분들께 다시 한번 감사의 말씀을 전합니다.

번역가 송소정

바다로 간 달팽이 025

보건실에는 마녀가 필요해

1판 1쇄 발행일 2025년 10월 24일

글쓴이 이시카와 히로치카 **옮긴이** 송소정 **펴낸곳** (주)도서출판 북멘토 **펴낸이** 김태완
부대표 이은아 **편집** 김경란, 조정우 **디자인** 안상준 **마케팅** 강보람 **경영기획** 이재희
출판등록 제6-800호(2006. 6. 13.)
주소 03990 서울시 마포구 월드컵북로 6길 69(연남동 567-11) IK빌딩 3층
전화 02-332-4885 **팩스** 02-6021-4885

- bookmentorbooks.co.kr
- bookmentorbooks@hanmail.net
- bookmentorbooks__
- blog.naver.com/bookmentorbook

※ 잘못된 책은 바꾸어 드립니다.
※ 이 책은 저작권법에 따라 보호를 받는 저작물이므로 무단 전재와 무단 복제를 금합니다.
※ 이 책의 전부 또는 일부를 쓰려면 반드시 저작권자와 출판사의 허락을 받아야 합니다.
※ 책값은 뒤표지에 있습니다.

ISBN 978-89-6319-663-3 43830